戦争の足音

小説フランス革命9

佐藤賢一

集英社文庫

戦争の足音　小説フランス革命9　目次

地図・関連年表デザイン／今井秀之

【前巻まで】

1789年。財政難と飢えに苦しむフランスで、財政再建のために国王ルイ十六世が全国三部会を召集した。聖職代表の第一身分、貴族代表の第二身分、平民代表の第三身分の議員がヴェルサイユに集うが、議会は空転。ミラボーやロベスピエールら第三身分が憲法制定国民議会を立ち上げると、国王政府は軍隊で威圧し、平民大臣ネッケルを罷免する。

激怒したパリの民衆は、弁護士デムーランの演説で蜂起し、圧政の象徴バスティーユ要塞を落とす。王は軍を退き革命と和解、議会で人権宣言も策定されるが、庶民の生活苦は変わらず、パリの女たちが国王一家をヴェルサイユ宮殿からパリへと連れ去ってしまう。

王家を追って、議会もパリへ。オータン司教タレイランの発案で、聖職者の特権を剝ぎ取る教会改革が始まるが、聖職者民事基本法をめぐって紛糾。王権擁護に努めるミラボーは病魔におかされ、志半ばにして死没する。

ミラボーの死で議会工作の術を失ったルイ十六世は、家族とともにパリから逃亡するが、目的地まであと一歩のところで捕らえられる。王家の処遇をめぐりジャコバン派から分裂したフイヤン派は、対抗勢力への弾圧を強め、シャン・ドゥ・マルスで流血の惨事が――。

革命期のパリ市街図

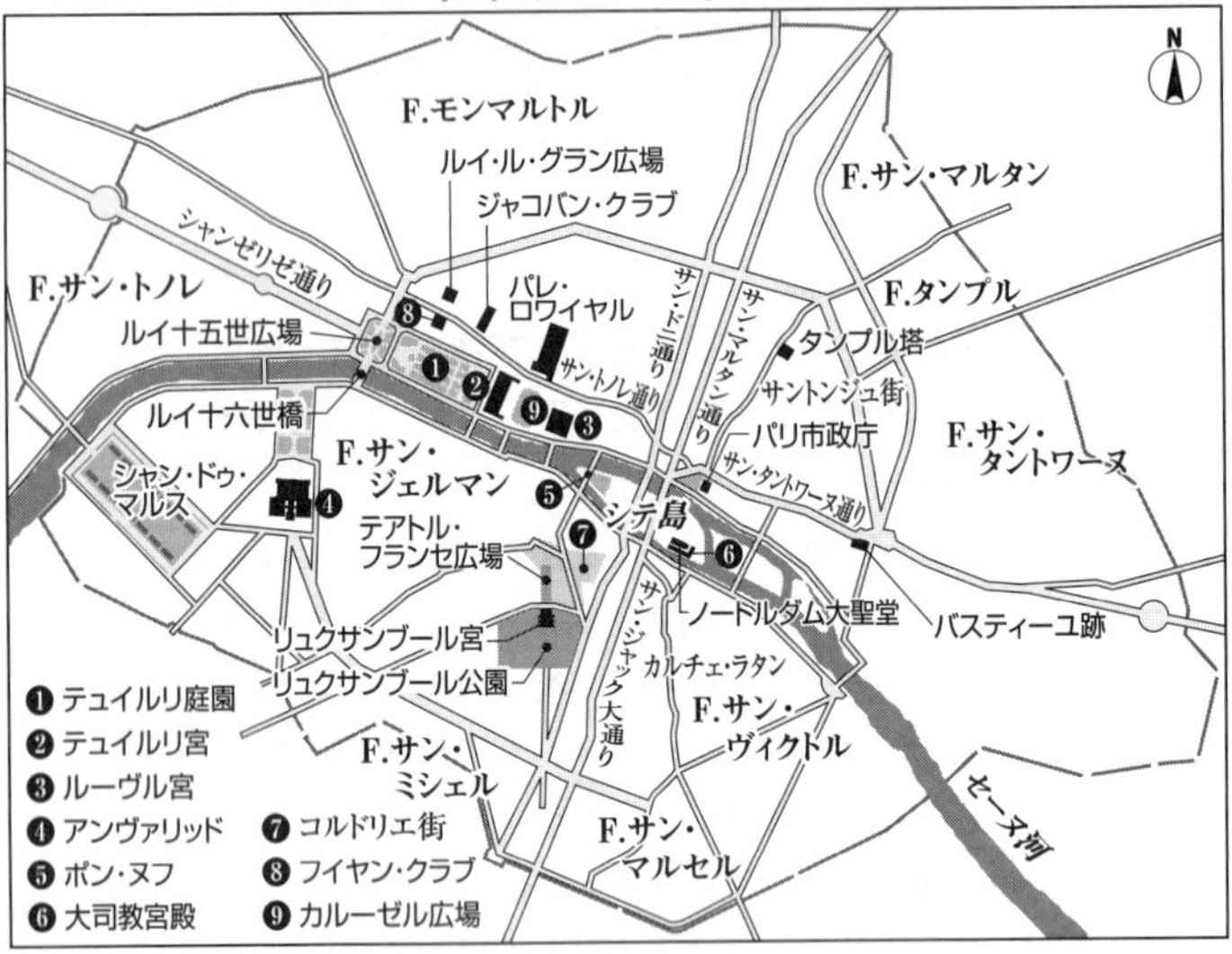
N
F.モンマルトル
ルイ・ル・グラン広場
ジャコバン・クラブ
F.サン・マルタン
シャンゼリゼ通り
F.サン・トノレ
パレ・ロワイヤル
サン・ドニ通り
サン・マルタン通り
F.タンプル
ルイ十五世広場
タンプル塔
サン・トノレ通り
サントンジュ街
ルイ十六世橋
パリ市政庁
F.サン・タントワーヌ
F.サン・ジェルマン
サン・タントワーヌ通り
シャン・ドゥ・マルス
シテ島
テアトル・フランセ広場
ノートルダム大聖堂
バスティーユ跡
リュクサンブール宮
サン・ジャック大通り
カルチェ・ラタン
リュクサンブール公園
F.サン・ヴィクトル
F.サン・ミシェル
セーヌ河
F.サン・マルセル
❶ テュイルリ庭園
❷ テュイルリ宮
❸ ルーヴル宮
❹ アンヴァリッド
❺ ポン・ヌフ
❻ 大司教宮殿
❼ コルドリエ街
❽ フイヤン・クラブ
❾ カルーゼル広場

＊主要登場人物＊

ロベスピエール　弁護士。憲法制定国民議会議員
デムーラン　ジャーナリスト。弁護士
ペティオン　弁護士、ジャーナリスト。憲法制定国民議会議員
ブリソ　ジャーナリスト。立法議会議員。
ダントン　市民活動家。コルドリエ・クラブの顔役
マラ　自称作家、発明家。本業は医師
クートン　立法議会議員。車椅子の闘士
サン・ジュスト　エーヌ県選挙人。ロベスピエールの支持者
デュポール　憲法制定国民議会議員。フイヤン派、三頭派
ラメット　憲法制定国民議会議員。フイヤン派、三頭派
バルナーヴ　憲法制定国民議会議員。フイヤン派、三頭派
ルイ十六世　フランス国王
マリー・アントワネット　フランス王妃
ラ・ファイエット　憲法制定国民議会議員。国民衛兵隊司令官
ナルボンヌ・ララ　フイヤン派の開明派貴族。陸軍大臣
モーリス・デュプレイ　指物師。ジャコバン・クラブ会員
エレオノール・デュプレイ　モーリスの娘
リュシル・デュプレシ　名門ブルジョワの娘。デムーランの妻
ミラボー　元憲法制定国民議会議員。1791年４月、42歳で病没

Il faudra attaquer vous-mêmes les puissances
qui oseront vous menacer.

「諸君を害しようとする邪悪な力があるならば、
それを諸君は自ら攻め滅ぼさなければならない」
（1791年10月20日　立法議会におけるブリソの言葉）

戦争の足音

小説フランス革命9

1――デュプレイ家

それは書几《しょき》と椅子《いす》が一組、あとは寝台があるばかりの殺風景な部屋だった。

庭木の葉が鳴る音が聞こえる上階だけに、窓を開ければ風も抜ける。ガランとした印象は、いっそう強くなるのだが、それこそ雑念が入らない理想の仕事場なのだといわんばかりに、ロベスピエールは紙上に筆を走らせていた。

「私が思うに、諸々《もろもろ》の権利が平等に行き渡らずして、自由などはありえない。全ての市民に諸々の権利の平等が与えられていないのなら、そんなところに自由を打ち立てることなど、どんな手を用いても不可能なのだ。あとは一握りの人々が全てを支配するという、がんじがらめに縛られた社会の出現をみるだけだ」

ときおり飛沫《しぶき》になりながら、インクの黒が紙の白に叩《たた》きつけられていた。それを人間の言葉として読み返せば、やはりというか、いつもより調子が激越になっているようだった。

感情的になってはならない。感情に突き動かされて、仕事ができる質《たち》でもない。むしろ感情に流されたが最後で、力を発揮することができない。自分には冷静に、どこまでも理性的に思考を積み重ねるしか、世に通用する術《すべ》がない。そうまで自覚がありながら、ロベスピエールは我ながらの檄文《げきぶん》を、あえて正そうとは思わなかった。

ますます背中を丸めながら、獲物に食いつく肉食動物よろしく机に組みつき、刹那《せつな》の気分としても攻撃的になっていた。いや、攻撃的にならなければならないのだと、ロベスピエールは自《みずか》らに言い聞かせたほどだった。ああ、感情的であってはならない。といって、平静なままでいても駄目だ。

――なんとなれば、政治とは怒りなのだ。

シャン・ドゥ・マルスの虐殺で、そのことが痛感されていた。

言論が暴力に押し潰《つぶ》される。無辜《むこ》の民が問答無用に殺される。その理由というのも、議会の決定を非難したから、王の廃位を訴えたから、署名運動をしたから、要するに弾圧した側の利害に反したから、いや、それ以前に平等の原則を唱えながらなにかを主張しようとしたこと自体が許せないと、まったくもって一方的なものだったのだ。

――それを悪といわずして、なにを悪として退ける。

ロベスピエールは憤慨した。いや、一度は絶望に傾きながら、なんとか憤慨するところまで心を立て直した。ああ、悪というものはある。

こちらに理想があれば、あちらにも別な理想があり、それぞれを擦《す》り合わせることにより、より良い現実を模索していく。議会などに席を占め、聞こえのよい言葉ばかり聞いているうち、それが政治というものであるかの錯覚も生まれるのだが、この世のなかには決して認めることができない、絶対の悪もあるのだ。

ならば許せないと憤《いきどお》る気持ちこそ、政治の原動力だ。実際に悪を許さない社会を実現することが政治の使命だ。だから革命は起きなければならなかったのではないか。そう思いを新たにするほど、媚《こ》びるような言葉遣いは用いる気になれなかった。

ああ、半面の共感に動かされず、部分の妥協も拒絶しながら、ひたすら悪を打倒する活動にこそ、邁進《まいしん》しなければならない。そう自分をけしかけながら、ロベスピエールが再び筆を疾駆させんとしたときだった。

部屋の扉を叩く音が聞こえてきた。

「ロベスピエールさん、御食事《おしよくじ》をお持ちしました」

板戸の向こう側から告げたのは、女の声だった。

ハッとして、ロベスピエールは椅子を立った。慌《あわただ》しい手つきで頭の鬘《かつら》を撫《な》でつけ、すぐまた曲がっていた襟を直すと、同時に機嫌を取るような、調子を合わせるような、そんな口ぶりになっていた。えっ、もうそんな時間ですか。まだ明るいものだから、まるで気がつかなかったなあ。夏もさかりというか、さすがに日が長いなあ。ええ、ありがとうございます。
「ええ、ええ、どうぞ、入ってください」
ロベスピエールが入室を許すと、盆を手に入ってきたのはエレオノール・デュプレイだった。

一七九一年七月十七日、ロベスピエールはジャコバン・クラブの会員モーリス・デュプレイの好意に甘えた。とりあえず一夜を匿《かくま》われることにしたわけだが、翌朝になってもパリは物々しいままだった。

「シャン・ドゥ・マルスの一件に関して、なにか宣言を出すとか、正式な処断を話し合うとか、まだまだ議会は剣呑《けんのん》な風向きですぜ」

そうデュプレイ氏が教えてくれたのだ。

だから油断しないほうがいい、気軽に出歩かないのが賢明だ、うちは構わないから、しばらく隠れ続けるべきだと、そんな風にも説得された。ならば一日だけ様子をみさせてもらうと答えると、細君と三人の娘に命じて、あっという間に掃除を終えさせ、もう昼前には上階の一室を与えられたのだ。

政界復帰を視野に入れるからには、当然原稿も書くでしょうと、机まで運び入れられた。勢いに押される形で、ロベスピエールは好意に甘えた。が、それも今日が七月二十三日なので、もう七日目ということになる。

「本当に世話になりっ放しで……」

恐縮しながら、こちらが鬘の頭を掻《か》いている間も、エレオノール・デュプレイは机の空いたところに並べて、手際よく食事の準備を進めていた。

モーリス・デュプレイの家は大家族だった。細君のフランソワーズ・エレオノールに、エレオノール、ヴィクトワール、エリザベートという三人の娘、息子のジャック・モーリス、さらに孤児となった甥《おい》まで引き取り、別棟のほうには弟子の職人たちも住みこみにさせていた。

もちろん、屋敷も大きい。パリ市街の立地にしては、かなり大きな部類といってよい。指物師《さしものし》の親方ながら、家具造りのほかに大工仕事まで手掛けるので羽振りがいいというか、不動産まで賃貸に出していると聞くから当然だというか、いずれにせよ、さすがジャコバン・クラブの会費を払えるだけあって、暮らしぶりは歴《れっき》としたブルジョワのそれだった。

にもかかわらず、金満家に特有の嫌み、ロベスピエールにいわせれば、上辺だけ貴族にかぶれた勘違いというものが、まったくといえるくらいになかった。

デュプレイ家の雰囲気は、あくまで庶民的だった。使用人もいたが、それを顎《あご》で使いながら、家人はなにもしないというわけではない。三姉妹とて令嬢然と御高《おたか》くとまっているのでなく、まめまめしい働きを惜しまない。なかでもエレオノールは長女だけに、主婦である母親の仕事を助けて、ともに大家族を切り回している風だった。

ロベスピエールのところに食事を運んだり、あるいは伝言を届け、または手紙を託されて来るのも、エレオノールであることが多かった。が、だからこそ、こちらは容易に顔を上げられず、申し訳なさげに俯《うつむ》いているしかないのである。

「日に何度も運んでいただいて……。いや、食事なら、本当に、私のほうから食堂に下りていっても構わないんですよ」

「いえ、そんなことをさせては、父に叱《しか》られてしまいます」

エレオノールは本当に怯《おび》えた顔になった。まだまだ危険は続いている、食堂なんかに下りてもらって、なにかの拍子に誰かにみられて、その誰かが万が一にもフイヤン・クラブに注進に及んだりしたら、それこそロベスピエールさんをお引き止めした意味がなくなると、そうやって父には厳しく教えられているんです。

続けられるほどに、ロベスピエールは自分のなかでデュプレイ家に覚える好感が強くなるのがわかった。

父親が恐れられている。それは一家の長として、尊敬されていることの証《あかし》だ。見方を変えれば、家内に確固たる倫理があり、それが隅々まで行き渡っているということだ。つまるところ、本当に健全な家庭なのだ。

「ありがたい話です」

と、ロベスピエールは答えた。

実際のところ、モーリス・デュプレイの懸念を大袈裟《おおげさ》とばかりは片づけられなかった。

昨日七月二十二日の話で、議員サルは議会でシャン・ドゥ・マルスの事件について報告、「反乱」の首謀者の特定ならびに訴追を目的とした特別法廷の設置を提案していたからだ。継続審議で今日二十三日にも是非が論じられているはずだが、これが取り下げられないかぎり油断はできない。

のみならず、こういう発議がなされることで、いよいよロベスピエール逮捕という危惧《きぐ》が現実味を増したというべきだった。なんとなれば、サルは三頭派の腹心、フイヤン・クラブでは書記長を務めている人物なのだ。

「ええ、本当に救われています」

ロベスピエールは言葉を重ねた。モーリス・デュプレイの懸念には理由がある。その献身的ともいえる心遣いには、当然ながら心から感謝している。それでも正直なところをいえば、いくらか閉口しないではなかった。

実際、ほんの数語を交わしただけなのに、もう部屋の空気が甘ったるくなっている。

――こんな風に部屋を訪ねられてしまうと……。

どこに目をやればよいのかわからないと、それがロベスピエールの困惑だった。というのも、もう女の子ではないのだ。まだ大人であるとはいえないものの、少なくとも身体《からだ》ばかりは成長しているのだ。

これくらいで嫁いでいく娘など珍しくない。いや、まさに適齢期であり、現にデュプレイ家では次女のソフィーのほうが、先に嫁入りしたとも聞く。

——だから、エレオノールに来られると……。

いや、そういう目で眺めているわけではない。命の恩人ともいえる男のお嬢さんであれば、そんな罰当たりな話もない。

——現にまともにみたことがない。

肥えているのか、痩《や》せているのか、胸は高いか、尻は厚いか、つまりはダントンあたりが女の話をするとなると、最初に持ち出すような項目については、なにひとつ断言できるものがない。ああ、紳士として礼儀を失するつもりはない。

健全な家庭の娘さんであれば、エレオノールのほうにふしだらな期待があるとも考えられなかった。土台が長い時間というわけでもなかったが、それでも狭い部屋に余人を交えず、本当に二人きりなのである。

2――エレオノール

どやと笑い声が聞こえてきた。

階下の食堂では、家人の食事も始まったのだろう。気の利いた食前酒で喉《のど》を潤すくらいのこともしたろうが、こちらのロベスピエールはといえば、この瞬間にも喉が渇いて渇いて仕方なくなっていた。

――いや、そうじゃない。

私はそういう人間じゃない。そればかり考えているような下品な男では決してない。にもかかわらず、政治的な主題を思案するに、ときに身が入らなくなることさえあるとすれば、ああ、そうか、そういうことかとも思いつく。

――ミラボーのせいだ。

ヴェルサイユで一緒に活動していた頃の話だ。屋敷を訪ねて、女の裸を偶然目撃することになった。あの体験が今にして思い出された。

――たわわに波を打つような……。

白くて、大きな御尻《おしり》が、今この私の部屋のなかにもと呟《つぶや》きかけて、ロベスピエールは必死の思いで打ち消した。馬鹿、なにを考えているのだ、マクシミリヤン。あれは全く違う女だ。人妻というだけに、妙齢の御婦人だった。恐らくは貴族の女で、それだけに妖《あや》しいくらいの美しさも、どこか頽廃的《たいはいてき》な感じがした。なかんずく、健全な家庭の娘さんとは比べられないというのは、すんでに不潔な印象を覚えるくらいに肉感的だったことだ。

――エレオノールは……。

可愛《かわい》らしくも清楚《せいそ》な顔立ちであったけれど、唇ばかりは厚く、艶《つや》めくほどに肉感的だった。だから、まっすぐ目をみて話すだけでもドギマギして……。

――いや、そうじゃない。

ミラボーの愛人なんかと通じるところは皆無だ。それでも連想を禁じえないからといって、女なら誰でもよいというつもりもない。いや、いや、だから、今は政治のことを考えなければならないのだ。雑念はなるだけ除かなければならないのだ。そう自分を叱《しか》りつけても、どこに目をやればよいのかわからず、ひたすら困惑する運びは少しも変わらなかった。

なにか話さねばと思いつつも、これという話題もない。

「今日も暑い一日でしたね」

そう声に出してしまってから、ロベスピエールは後悔した。馬鹿、なんて下らないことを口走るんだ。とはいえ、その流れで窓辺に目を向けられたことは僥倖《ぎようこう》だった。みえたのは話題にもならない夕焼けだったが、そのかわりに聞こえてきた。

「あれ、あの子犬、また鳴いているなあ」

午後の早くにも、鳴いているなと外を覗《のぞ》いた覚えがあった。ロベスピエールは窓辺に動いた。裏庭を見下ろすと、同じ茶色の毛むくじゃらの犬だった。お坐《すわ》りの姿勢で鳴いて、それは悲しげにも聞こえる声だった。

エレオノールも窓辺に寄った。またしてもというか、いくらか怯《おび》えた風があった。

「うるさかったですか。ああ、お仕事の邪魔でしたわね。本当に申し訳ありません」

「いや、そんなつもりでいったんじゃありません。ええ、仕事中は集中して、あまり雑念が入らないほうですから、犬の鳴き声なんか、まるで気になりませんでしたよ。ただ、どうして、あんな風に鳴くのかなあと。ほら、哀れっぽく訴えかけるようでしょう」

「たぶん、おなかを空《す》かせているんだと思います」

「餌《えさ》は」

「あげてはいけないと、母が」

「どうしてですか。デュプレイ家の飼い犬でしょう」

「というわけではなくて、弟が拾ってきた犬なんです」

デュプレイ氏の息子、ジャック・モーリスというのが末子で、まだ十三歳の少年だった。してみると、いかにも少年らしいというか、捨てられていた子犬を勝手に持ち帰ったようなのだ。

当然ながら飼いたいと訴えたが、両親ともに許可しなかった。元の場所に捨てなおせとも命じられたが、そんな薄情はできない、それなら自分が貰《もら》い手を探す、みつかるまでは家に置いてほしいと、ジャック・モーリスは頑張ったのだという。

「それなら急ぎなさい。懐《なつ》かれると困るから、その間も餌はやらないよ」

それがデュプレイ家の主婦フランソワーズ・エレオノールの通達で、言葉通りに実行に移されていたために、子犬は鳴き、それを聞くジャック・モーリスも食堂で目に涙を溜《た》めているだろうと、それがエレオノールの説明だった。

「貰い手は、まだみつからないというわけですか」

「ええ、まだのようです」

そう答えて、エレオノールは左で右を揉《も》むような自分の手元に目を落とした。ジャック・モーリスが子犬に薄情にできないように、こちらも弟に同情を禁じえないのだろう。

「だったら、私が貰おうかな」

と、ロベスピエールは口に出した。ほんの軽い気持ちだったが、これにエレオノールは潤んだ目を向けた。本当ですか。

「ロベスピエールさんに貰っていただけるなら、きっと弟も喜ぶ……」

「あっ、いや」

手を差し出して止めながら、ロベスピエールは後悔した。いや、軽率を口走りました。飼いたいは飼いたいのですが、私だって下宿暮らしの身にすぎなかったんです。大家に話もしてみないうちは、犬を飼うも飼わないも決められなかったんです。

「サントンジュ街の下宿には、しばらく帰れていないわけで……」

「そうですわね」

エレオノールの顔が沈んだ。あるいは陰影が濃いというのは、いよいよ陽が落ちてきたからかもしれなかった。いえ、お気になさらないでください。ご無理をお願いしたんです。

いいながら、蠟燭《ろうそく》の準備を進められて、ロベスピエールは今度は焦りのような気分に駆られた。明かりがともれば、それを最後にエレオノールは部屋を辞す。もとより食事を届けにきただけなのだから、さっさといなくなってしまう。しかし、もう少し……。

「なにか、私にできることがあればよいのですが」

無駄口にもなっていないと、ロベスピエールは自分自身に呆《あき》れた。ところが、そう持ちかけてみると、意外やエレオノールは顎《あご》に手を置き、少し考える素ぶりだった。ああ、でしたら、こんなことって、できないかしら。

「ロベスピエールさん、やはり、あの子犬を貰ってくださいませんか」

「できれば、飼いたいんですよ、本当に。けれど……」

「いえ、飼ってほしいとは申しません。犬小屋は我が家に用意します。世話も弟にやらせます。ただ形だけロベスピエールさんの犬ということにさせてもらえば、父だって、母だって、もう捨ててこいだなんて、薄情なことはいわなくなると思うんです」

「ああ、そういうことですか。けれど、形だけといって、なにもしないわけには……」

「そうですか。ううん、でしたら、名前だけつけてくださいな」

「名前ですか」

ロベスピエールはまた庭を見下ろした。変わらず鳴き声は聞こえたが、もう暗くて、子犬の姿はよくみえなくなっていた。それだけに思い出せる特徴も限られてくる。

「ブラウンなんて、どうでしょう」

「ブラ……、ブルュ……」

「ブラウン、英語で『茶色』という意味です」

「わあ、ロベスピエールさんは英語までおできになるんですね」

まっすぐな目を向けられて、ロベスピエールは慌てた。英語などできない。実際にイギリス人に話しかけられれば、オロオロして、まともな会話にもならないだろう。ただ議会政治の先進国ではあり、しばしばサロンの話題にも上り、そのことを通じて数個の英単語だけ、記憶に留《とど》めていたのである。

「いや、できるというほどでは……」

ロベスピエールは思わず赤面してしまった。どうして、こんなに恥ずかしいのか、自分でも解《げ》せないくらいの赤面だった。

そのことでハッと我に返る気分も生まれていた。ペラペラ軽薄に喋《しゃべ》り続けてしまったと、そのことが急に悔やまれた。いや、なんというか、すいません。どうやら私は心得違いをしていたようです。

「調子づいて、犬に名前なんかつけている場合じゃありませんね」

「いえ、調子づくだなんて。わたしのほうから、お願いしたことです」

「それでも大人なのは私のほうだ。ええ、私が分別を持つべきだった。というのも、あなたの御宅には迷惑のかけ通しなのです。この身を匿《かくま》ってもらったあげくに、飼い犬まで押しつけようだなんて、いくらなんでも……」

「迷惑だなんて、そんな風には思っていません」

遮られて、ロベスピエールは息を呑《の》んだ。エレオノールは思いのほかに強い口調だった。ええ、迷惑だなんて、そんな言葉には、どうかなさらないでください。

「というのも、かえって父は喜んでいるくらいなんです」

「喜んでおられる？」

「ええ、あなたは父の誇りなんです」

と、エレオノールは続けた。ロベスピエールさんはジャコバン・クラブのなかでも出色の革命家なんだ、フイヤン・クラブの政治屋みたいにニヤけたところがないんだ、あくまで正しいところを貫く新時代の英雄なんだ、今は苦杯をなめさせられているが、遠からずフランスを指導する地位に上られるに違いない、そういう方を我が家に迎えられるなんて、おまえたち、こんな名誉な話もないぞと、そうやって父ときたら、毎日はしゃいでいるくらいなんです。

デュプレイ氏の様子は想像できないではなかった。が、ロベスピエールとしては面映《おもは》ゆいところもある。いや、父上はジャコバン・クラブの熱心な会員であられますから、あるいは、そういう御考えもお持ちになるのかもしれません。私のことは買いかぶられている節もありますが、これで一応は議員ですから期待に応《こた》えたいとも思っています。

「ただ、それも政治に携わる者の理屈にすぎません。ええ、デュプレイさんには大切でも、あなたがた御家族には全く関係がない。いくら父上が見込んで連れてきた男でも、見も知らぬ赤の他人にすぎないはずだ」

「そんなことは、ありません」

今度もエレオノールは強く打ち消した。ですから、父のロベスピエールさん自慢は、昨日今日に始まる話じゃないんです。かなり前から家でも話してくれてましたから、あの十七日の夜にしても、わたし、なんだか初対面のような気がしませんでしたわ。

「それに父には、こうもいわれています。おまえたち、我が家にいてもらえる間は、ロベスピエールさんのことを、本当の兄だと思えと」

「兄と」

そうだったんですか。引き取ると、ロベスピエールは心が軽くなるのを感じた。

3——健全な

兄というのは悪い響きではなかった。少なくとも安心できる言葉だった。あるいは居心地がよいというべきか。ああ、それなら、やりやすい。兄というなら、あながち馴《な》れない立場でもない。

「ええ、兄くらいに思ってもらえるなら、私としても真実ありがたい話です。実をいえば、故郷に弟と妹を残していますす」

そうまで続けて、ロベスピエールは気がついた。知らずエレオノールの目をみて話していた。まっすぐに顔をみるのも、これが初めてのような気がした。ああ、笑うと、目尻のほくろが可愛《かわい》らしいひとなんだなあ。

「あっ、いや、弟と妹はオーギュスタンとシャルロットといいます。この二人にとって私は、はは、そんなに悪い兄ではなかったはずだ。ですから、そうですね。これからはエレオノール、あなたのことも、もうひとりの妹と思うことにしますよ。いや、妹さん、弟さんのことも弟妹が増えたんだくらいに考えさせていただきます」

話に飛びついてしまってから、ロベスピエールは再びの赤面だった。そんな話をしていたんじゃない。そんな話で誤魔化《ごまか》せることでもない。だから、私はデュプレイ家に迷惑をかけているのだ。

「いや、また調子づいてしまったようです。本当に馬鹿ですね、私ときたら。こんな風に親身に接してもらえるのをよいことに、自分の立場を簡単に忘れてしまう」

「ですから、わたしどもは本当の家族と……」

「本当の家族であれば、危険を冒すということもあるのかもしれません。けれど、やはり私は他人だ。にもかかわらず、こうして匿《かくま》われていた事実が露見すれば、あなたがたデュプレイ家の皆さんにも、不愉快な累が及ばないともかぎらないのです。当たり前の危惧《きぐ》だというのに、私ときたら犬に名前をつけるだの、兄と思ってほしいだの……」

「お気になさらないでください。なにか危険があることだとして、それも含めて、父は誇りに感じているのですから」

「けれど、あなたがたは違う」

「違いません。ここは父の家ですから」

いいきって、エレオノールには迷いもなかった。やはり健全な家庭だと再び感心しながら、だからこそ甘えてはならないとも思う。ロベスピエールは止《や》めなかった。

「けれど、実際のところ、怖いでしょう」

「いいえ」

「無理をなさらなくてもいい」

「無理などしていません。だって、ロベスピエールさん、パリはあなたの味方ですもの」

今度も迷いがなかった。のみか、その瞬間にエレオノールは表情を明るくしたくらいだった。まだまだ油断はできない。けれど悲観ばかりしたものではない。そうした情勢判断については、モーリス・デュプレイのほうからも伝えられていた。

すなわち、パリはフイヤン・クラブに同調するより、ジャコバン・クラブやコルドリエ・クラブに同情していると。シャン・ドゥ・マルスの事件についても、もはや「シャン・ドゥ・マルスの虐殺」という言われ方をしていると。

仮に社会の秩序を守るためでも、ああまで一方的な暴力が許されるものではない、わけても日曜日の署名運動など、政治活動も穏健な部類であり、弾圧には明らかな行き過ぎがあったというのが、専《もっぱ》らの世論だと。

頷《うなず》ける話ではあった。いや、当然の反応という気分さえないではない。が、ロベスピエールとしては、なお簡単に同調する気になれなかった。

世論というが、どこまでの世論なのか、そこのところが定かでなかった。大方が貧困

に喘《あえ》いでいる無産階級、いうところの受動市民《パッシフ》の意見にすぎないのではないかと、それ
がロベスピエールの危惧だった。
取るに足らないという気はない。無視されてよいとも思わず、それが尊重されないな
らば、真の民主主義でないとも考えている。が、かかる自明の正義が通用しない現実も、
突きつけられたばかりなのだ。日曜日のシャン・ドゥ・マルスで圧殺されたのは、まさ
にそれだったのだ。

政局の変調を期待できるとするならば、穏健なブルジョワ階級を軸とする能動市民《アクティフ》
の大半までが、「シャン・ドゥ・マルスの虐殺」を非難している場合だけだった。さも
なくば、全体は動かない。フイヤン・クラブは居直る態度を強くする。ジャコバン・ク
ラブやコルドリエ・クラブの指導者たちが、政治活動に復帰できる日は来ない。

――自分で確かめたい。

ところが、デュプレイ家に匿われている身では、世論の感触を直《じか》に測るわけにもいか
なかった。できることはといえば、いくらか期待してよいかと思う吉報の意味するとこ
ろを、繰り返し考え続けることくらいだ。

「実際、バイイ市長は辞職を表明なされましたもの」

とも、エレオノールは明るい材料を出してきた。それは日曜日に戒厳令を敷いたパリ
市長の話だった。激務に疲れた、職務の執行に自信が持てなくなったと、それが辞職の

理由であり、ある意味では本音だろうとも考えられたが、それ自体が世論に突き上げられたあげくの決断だとも、推測できないではなかった。

すなわち、一部の無産市民が騒いでいるだけではない。もはや市長の座に留《とど》まることは困難だと、とうとうバイイに観念させたとするならば、その圧力は政局を握るブルジョワ階級が加えたものに違いない。

――だとすれば、議会のほうも……。

シャン・ドゥ・マルスの「反乱」を弾劾《だんがい》しようなどという企《くわだ》ては、断念せざるをえなくなるかもしれない。さすがのフイヤン・クラブも自らの支持基盤に眉《まゆ》を顰《ひそ》められたとなれば、傲岸《ごうがん》な居直りを続けるわけにもいかなくなる。

「ああ、そう私も考えたいが……」

ロベスピエールが窓辺で呟《つぶや》いたときだった。ばっと動いて、部屋奥に目を転じたのは、なにか大きな物音がしたからだった。

ばたんと扉が乱暴に開け閉めされて、下階の、どうやら表玄関のようだ。挨拶《あいさつ》の言葉ひとつなく、どすどすと大股《おおまた》の足音が鳴り響く。それが階段を上ってくるではないか。

――もしや逮捕の官憲か。

刹那《せつな》の戦慄《せんりつ》に襲われたことは事実である。が、すぐにロベスピエールは覚悟を決めた。ああ、エレオノール、なにも心配はいらない。とうとう部屋まで踏みこまれたなら、そのときは大人しく出頭するつもりでいるから。

ところが、である。エレオノールの表情は明るいままだった。こちらは怪訝《けげん》な顔になっていたらしく、それに気づいて教えてくれた。

「父の足音です」

ずっと出ていたんですが、今頃になって帰ってきたようです。その言葉に偽りはなく、もう直後にはモーリス・デュプレイとわかる声が聞こえてきた。ロベスピエールさん、ロベスピエールさんと呼びかけて、それでは食堂にも下りない用心が台なしではないかと思わせるほどに大きく響いた。ええ、お騒がせいたします。食事中、本当に申し訳ありませんが、部屋に上がらせてもらいますよ。

デュプレイ氏も入室した。なんだ、エレオノール、おまえもいたのか。ああ、食事を運んできたのか。まあ、隠すような話じゃねえから、一緒に聞くがいいさ。

「てえのも、ロベスピエールさん、議会でサル提案が否決されました」

「えっ」

「ですから、フイヤン・クラブの番頭が持ち出した、あのふざけた発議のことですよ」

「ということは、シャン・ドゥ・マルスの関係者は……」

「ええ、そうです。特別法廷の開催なんか、あっさり否決されちまいました。ええ、ええ、議会は誰も責めません」

ジャコバン・クラブは追及されません。コルドリエ・クラブの皆さんに出された逮捕状だって、近く取り下げられる見通しです。その言葉に打たれるあまり、ロベスピエールは気づくのが遅れた。モーリス・デュプレイは握手の手を差し出していた。

「おめでとうございます」

「あっ、ああ、ありがとう」

がっちりした手に、こちらの五本の指を強く強く握られてから、ようやくロベスピエールは報告の中身を十全に理解した。

──つまるところ、まだ正義は廃《すた》れていない。

そう言葉にまとめれば、ロベスピエールは興奮しないでいられなかった。ああ、まだ健全な精神は生きている。それは庶民の正義といってよいものかもしれない。しかもフランスにあっては、例外的な宝ではない。むしろ社会の主流だ。ああ、ブルジョワだの、貧民だの、能動市民だの、受動市民だの、そんな上辺の区別は関係なく、このデュプレイ家のような健全な家庭には、まだまだ正義が力強く生きているのだ。

──ならば私は、その正義と共に歩いていきたい。

そう心に吐露したとき、ロベスピエールは自分が進むべき道をみた。いや、これまでもみてきたつもりだが、もっと、もっと努めてみようと、いっそう庶民のなかで生きようと、その志は強くなるばかりだった。

4――爪痕

すでにサン・トノレ通りの路上で、ひらひら白いものが風に舞っていた。鉄柵《てっさく》を押して、前庭に足を踏み入れれば、もう無数の紙片が所狭しと散らばっている体《てい》だった。歩を進めるほどに、かさかさ脛《すね》に絡みつく。折れたり、破れたり、波うったりしながらも、そこに紙片は留《とど》まり続けて、その白さで地面をみえなくするほどなのだ。

もちろん、紙の上には必ず文字が載せられていた。

手書きのもの、印刷されたもの、どちらもあるが、いずれをとっても少なからず悪意に満ちた檄文《げきぶん》である。敵の誹謗中傷《ひぼうちゅうしょう》を読めるのは当然として、仲間の書いたものまでが散乱しているとなれば、いよいよ由々しき事態といわなければならない。

それとわかったのは、ちらと覗《のぞ》いた題字から左派の新聞と知れたからだ。この類《たぐい》の文書がわざわざ余所《よそ》から運びこまれたとは思われない。元々ここに保管されていたものとしか考えられない。

――建物のなかにまで踏みこまれたか。

扉には「革命の敵」とか、「叛徒《はんと》」とか書かれた紙も、まだ糊《のり》で貼《は》りつけられたままだった。それを押し開いて、いよいよジャコバン僧院のなかを進むと、やはりというか、屋内にもおびただしい物が散乱していた。

同じように紙片が散らばり、あるいは書物が、またあるいは燭台《しょくだい》、羽根ペン、インク壺《つぼ》というような筆記用具が、果ては上着から、鬘《かつら》から、女の下着まで捨てられていて、どういうわけだか、ことごとくが泥だらけだった。

――荒らされた。

そうした印象ばかりは拭《ぬぐ》えなかった。

ありえない話でもなかった。閉鎖されてしまったコルドリエ・クラブとは違い、ジャコバン・クラブは形式上はなんの咎《とが》めも受けなかったからだ。その集会場も官憲の手に押さえられたわけではない。いつもと変わらず、出入り自由のままだ。

――といって、会員が安心して集まれるわけでもない。

少なくとも指導的な立場の会員は、余所に遁走《とんそう》したり、地下に潜伏したり、国民衛兵の目に留まらない工夫をしなければならなかった。いや、追われる心配がない者とて、無関係を決めこんで、誰も寄りつかなかったろう。ジャコバン僧院は十七日の深夜から、ほとんど無人になっていたのだろう。

――それをよいことに……。

踏みこんだのは興奮した国民衛兵か。それとも悪乗りしたフイヤン・クラブの連中か。あるいは政治など関係なく、ただ押しこんだ物盗りの類なのか。酒に酔わせた女を連れこみ、ことに及んだ輩《やから》までいたのかもしれないが、いずれにせよ、はっきり確かめられるほどの深さで、ここにも爪痕《つめあと》は残されていた。

――シャン・ドゥ・マルスの爪痕だ。

日曜日の殺意はサン・トノレ通りにも及んだのだ。そう自分を納得させながら、さらに歩を進めていくと、ざわざわ奥の図書館に人が集まっている気配があった。

思った通りだ。見捨てられたかのジャコバン・クラブにも、会員たちは戻ってきていた。いつまでも荒らされたままにしておくものかと、いち早く再建に着手していた。

――さしあたりの急務は大掃除というわけか。

戸口まで進むと、みえたのがモップがけに励んでいるロベスピエールの横顔だった。当然ながら愉快な作業ではあるまいが、それでも気持ちが前向きになれたからなのか、表情は明るく、ときに輝いているようにさえみえた。

ペティオンやブリソも紙屑《かみくず》を拾っていた。ラクロは投石に見舞われたと思《おぼ》しき窓辺で、割れた硝子《ガラス》の破片を集めているところだった。

バレールやグレゴワール師までが、同じように掃除に励んでいたからには、十六日の時点でフイヤン・クラブに引き抜かれた連中のうち、何人かはジャコバン・クラブに戻ってきたようだった。

――なるほど、人間の良心があるならば……。

フイヤン・クラブになど、とても留まれたものではないだろう。どれだけ綺麗《きれい》な言葉を聞かされようと、あるいは美味《おい》しい利権をちらつかされたとしても、あんな殺人鬼の巣窟《そうくつ》は血なまぐさくて、血なまぐさくて、ただの五分も我慢できたものじゃない。戸口に立つまま、そんな言葉を心に並べているうちに気づいた。

ロベスピエールがこちらをみていた。

「カミーユ、なのか」

見開かれた目に質《ただ》されて、デムーランは小さく手を上げた。やあ、マクシム。

「やあ、じゃないぞ。カミーユなんだな。本当にカミーユなんだな」

なにかに弾《はじ》かれたかの動きで、ロベスピエールは駆けよってきた。そばまで寄るや、こちらの肩に手をおいて、ばんばんと何度も叩《たた》く様子をいえば、なにやら怪我《けが》の有無を確かめるようでもあった。

「なんだい、マクシム。やめてくれよ。なんでもないよ、身体《からだ》なら」

「本当にカミーユ、無事だったんだな。大した怪我もなく、よくぞ無事でいてくれた。よくぞ再び戻ってくれた。よくぞ、あんなところから……」

シャン・ドゥ・マルスの虐殺の渦中から、という意味だろう。言葉を続けるほどに、ロベスピエールは目に涙を溜《た》めていった。

心配してくれていたのか。いや、個々の人間をどうこうでなく、あの非道そのものに義憤を感じ、あるいは人類の悲劇として慟哭《どうこく》していたのかもしれない。ああ、僕だって、そうだ。あの日曜日の出来事を思い出せば、今も赤くなったり、青くなったりで、とても平静ではいられない。

――しかし、だ。

無事に再会できたことは、デムーランも嬉《うれ》しかった。自分からジャコバン・クラブを訪ねたのだから、会いたくなかったわけでもない。が、だからとロベスピエールに涙で迎えられたところで、一緒に泣いてやろうとは思わなかった。

――マクシム、君はいなかったじゃないか、あそこには。

その言葉をデムーランは声に出すことはしなかった。頭では、わかっていた。ロベスピエールが悪いわけじゃない。署名運動を見捨てたというわけでもない。ジャコバン・クラブを救うために、仮に見捨てたのだとしても、それを弾圧した行為の責任まで問われる筋合いではない。

一緒に銃弾を浴びてほしかったと、そういうつもりもなかった。自《みずか》らの命を危険にさらさなかった人間には、なにひとつ語ってほしくない。「シャン・ドゥ・マルスの虐殺」

に憤激する資格があるのは僕たちだけなのだ。あの悲劇に涙できるのは、僕たちだけなのだ。それくらいの言葉を並べて、履き違えた特権意識を振りかざすつもりもない。

――それでも……。

デムーランは自分の感情を割り切ることができなかった。それでもシャン・ドゥ・マルスでは、死んでしまった者がいるのだ。死んでしまえば、もう再会を喜ぶことも、それどころか泣くことや怒ることさえできないのだ。

八つ当たりでしかないことは、デムーランも自覚していた。表に出しては見苦しいばかりだと、そのことも承知している。

ロベスピエールは感涙で続けていた。カミーユ、よくぞ……。よくぞ、カミーユ……。

「ああ、なんとかね」

ようやく、デムーランは答えた。我ながら、半端な笑顔を浮かべながらだ。

媚《こ》びるような態度は自分でも嫌だったが、なぜだか正すのは容易でなかった。とうに苛々《いらいら》しているのに、言葉も続けてしまうのだから、いよいよ自分を殴りつけたいとも思う。うん、まあ、いうまでもないことだけど、シャン・ドゥ・マルスは本当にひどかったよ。問答無用の銃撃で、逃げ場まで塞《ふさ》がれて、パリでいわれているように、まさしく虐殺の現場だったさ。けれど、ほら、なんというか、同じような修羅場は一七八九年の夏から、もう何度か経験しているからね。もう馴《な》れてしまったというか。

「うん、僕もだてに命拾いしてきたわけじゃないんだよ」

「それで、カミーユ、今まで、どこにいたんだい。もちろんリュシルも無事なんだろう」

いきなり切り返されて、そのこともデムーランには業腹《ごうはら》だった。今までというと、十七日から今日の二十四日までの間という意味か。十七日の話なんか、これで終《しま》いということなのか。

あっさり片づけられたような、後味の悪さがあった。そんなに簡単に考えてくれるなと、声を張り上げたい衝動もある。が、それはそれ、デムーランには問われれば抗《あらが》えない弱みもないではなかった。質問に答えることなく、かわりに怒り出してしまえば、なにか誤魔化《ごまか》そうとしているようで、それまた嫌な気分になるだろう。

いよいよ自己嫌悪にも駆られるのは、ならばと答えてのけようとしても、まるで言い訳しているかのように、声が小さく萎縮《いしゅく》したからだった。

「田舎《いなか》さ」

「田舎というと、カミーユ、まさかギーズまで……」

「いや、パリを出た郊外という意味での田舎さ。うん、デュプレシ家の別荘にいたんだよ」

「ああ、リュシルの御実家の」

ああ、そういうわけか。そう引き取り、ロベスピエールのほうは、どうこう云々《うんぬん》するではなかった。

5——不平

デムーランのほうが、それでは済まなかった。

とっさに赤面を恐れたのは、猛烈に恥ずかしくなったからだった。君は現場にいなかったろうとか、僕はシャン・ドゥ・マルスの渦中にいたとか、修羅場は馴《な》れっこだとか、さんざ自分は特別なようなことをいいながら、その実は守られていたにすぎないのだ。

——逃げたわけでも、隠れたわけでも、同志に匿《かくま》われたわけでもなく……。

ブルジョワの名門デュプレシ家の威勢に守られていた。そのことを思い出せば、シャン・ドゥ・マルスの顚末《てんまつ》など、冗談にも蒸し返せなくなる。それこそ媚《こ》びるような半端な笑顔で、やりすごすしかなくなってしまう。

いや、最悪の状況ではあった。血煙に頰《ほお》が濡《ぬ》れる。銃弾で穴を開けられ、人形のように力をなくした身体《からだ》が、次から次と倒れかかる。国民衛兵隊は完全包囲を決めていた。シャン・ドゥ・マルスに逃げ場などなかった。

ダントンのように銃撃を恐れることなく突進して、鬼神さながらの肉弾戦を挑んだなら、あるいは話は別だったかもしれない。おかげで活路が開かれたとみるや、他の仲間たちのように泥に塗《まみ》れて這《は》いつくばれば、それはそれで逃げようがあったかもしれない。が、デムーランは妻と一緒だったのだ。

「………………」

その手をしっかり握るほど、身動きが取れなかった。本当なら格好の的になるだけだった。なんとなれば、女は目につきやすいのだ。わけてもリュシルは人妻となってなお、どこかしら華やかな、お嬢さんのままなのだ。

銃を構えて狙《ねら》いをつける立場から眺めるならば、なおのこと際立つ特徴だったろう。

——だから、うまくみつけてもらえた。

撃ち方やめ。撃ち方やめ。ええ、こちらです、急いでください。デュプレシさんの御《お》身内《みうち》でしょう。いいから、こちらに逃げてきてください。国民衛兵隊の中隊長が、そう声をかけてくれた。ブルジョワ同士のつきあいで、かねて義父とは親しくしていたようで、リュシルの顔も知っていた。だから銃など向けてはならないと、銃撃を中断してでも助けなければならないと、とっさの判断も下された。

——僕らが命拾いしたのは、つまりは虐殺した側の身内だから……。

デムーランは慌てながら打ち消した。心の声にすぎないながら、もしや誰かに聞かれまいかと、恐れなければならなかった。というのも、僕こそ呪《のろ》われた裏切り者だからだ。シャン・ドゥ・マルスで殺された人々には、申し開きの仕様もないんだ。

——いや、だから……。

デュプレシ家がシャン・ドゥ・マルスの虐殺を命じたわけじゃない。国民衛兵隊にせよ、ただ上から命令されただけだ。悪と呪われるべきは凶行を決断し、それを兵士に強《し》いた連中なのだ。ラ・ファイエットであり、バイイであり、それを動かしたフイヤン・クラブということなのだ。

それが証拠にパリでも非難の声が高くなっている。あれは明らかな行きすぎだと、穏健なブルジョワたちまで眉《まゆ》を顰《ひそ》めた。デュプレシ家を含めたところの有産階級までが、だ。

デムーランは顔を上げることにした。

「逮捕状が取り下げられたというのは、間違いない話なんだろう」

「ん、なんだ、カミーユ」

「もう逮捕される心配はないんだろう。だから、マクシム、いつまでも田舎じゃないだろうと発奮して、僕は急ぎパリに戻ってきたというわけなんだ」

「心強い。ああ、カミーユ、大歓迎だ」

一通りの掃除が終わると、そのままの集会場で自然と話し合いがもたれた。司会がいて、演壇に論者が登り、こちらに拝聴する会員が座を占めというクラブの政治討論でなく、誰彼となく自由に話そうという車座の話し合いである。

論じられたのは、いうまでもなくジャコバン・クラブ再建の方策だった。

「だから、フェイドルさん、フイヤン・クラブに働きかけるなんて考えは、もう捨てるべきだ。というのも、フイヤン・クラブのほうは決別宣言を出したんです。そのなかで自分たちの結社を、唯一にして真正の《憲法友の会》であるとも公言しているんです。もう取りつく島もない。どんな働きかけをしても無駄です。というか、これは宣戦布告ですよ。なのに和解など持ちかけたら、それこそ嘲笑《あざわら》われるだけだ。自ら品位を落とすばかりの愚行だ」

そう続けて、やはりというか、目立っていたのはロベスピエールだった。

きんきん甲高いばかりだった声にも、いつになく力強い張りがあった。身ぶり手ぶりまで交えて、ときに人変わりしたかと思うほど大袈裟《おおげさ》でもある。なにより、ほとんど独壇場で自説を唱え、誰の意見をも反駁《はんばく》して潰《つぶ》し、それ以前に余人が口を挟むことさえ認めない。

こちらのデムーランはといえば、一応は会員の資格を持つものの、かねてコルドリエ・クラブに出入りすることのほうが多かった。閉鎖の憂き目をみている現下であれば、いっそう向こうに肩入れする気分が強い。ジャコバン・クラブで出しゃばろうとは思わなかったが、専《もっぱ》ら議論を見守る構えであればこそ、やはり思わないではいられなかった。

――マクシムは少し調子に乗っていないか。

つい先日までのジャコバン・クラブでは、出しゃばろうとして、出しゃばれるものではなかった。それはデムーランのみならず、やる気まんまんのロベスピエールも同じで、一部の極左の仲間に耳を傾けられるだけで、とてもじゃないが全体を左右するまでの存在感は持てなかった。

――それが今では、ほとんど独演会じゃないか。

雄弁家バルナーヴがいなかった。デュポールも、ラメットも、ル・シャプリエ、ランジュイネ、ラボー・ドゥ・サン・テティエンヌというような、議会に場所を移しても変わらず堂々たる論を張れるような議員会員は、ジャコバン・クラブから綺麗《きれい》にいなくなったのだ。

ということは、フイヤン・クラブの設立で誰より得をしたのは、実はロベスピエールなんじゃないか。デムーランは意地の悪い気分で口角を笑みに歪《ゆが》めた。はん、なるほど、是が非でもジャコバン・クラブを守りたかったはずだ。なりふり構わぬ敗北宣言を躊《ちゅう》躇《ちょ》せず、またコルドリエ・クラブを見捨てて顧みず、どんな犠牲とひきかえにしても守らないではおけなかったのは、そこに残されていたのが、自分の天下だったからなのだ。

「…………」

止《や》めようと、もう直後にデムーランは反省した。ああ、おかしいぞ、カミーユ。こんな最低の邪推を寄せるだなんて、まるで絡み癖のある酔漢じゃないか。ああ、そういうことじゃないんだ。意図して、こうなったわけじゃないんだ。クラブで大きな顔をすることを目的にしてきたわけでもなくて、たまたま結果がついてきたにすぎないんだ。

——だいいち、マクシムだって大変な目にあったんだ。

ジャコバン・クラブに残留した数少ない議員会員、実質的な指導者とみなされたからこそ、大変な目にあった。ロベスピエールの顚末も聞かされていた。かろうじてジャコバン・クラブの会員、デュプレイ氏の家に匿われたものの、ほんの昨日までは外出どころか、ただ部屋を出ることすらかなわなかったという。

話をジャコバン・クラブ再建に戻せば、フイヤン・クラブに働きかけるというのは、ロベスピエールが留守にしていた間に、名前が出たフェイドルら残りの会員たちが掲げた試案らしかった。

ありえないくらいに弱気な考え方だが、主だった面々が遁走《とんそう》したり、潜伏したりで顔を出せなかったとすれば、ついつい弱気に流れてしまったとしても、それまた無理からぬ運びだったのかもしれない。

「それも今の情勢から考えれば、ロベスピエールの意見に賛同せざるをえないね。というのも、分裂して十日もたたないというのに、かつて一緒だったとは思えないほど、違ってしまったわけだからね。もはやフイヤン・クラブとは妥協の余地すらないわけだからね」

受けたのが、かねてからの盟友ペティオンだった。が、この極左の二枚看板で鳴らした議員会員も、最近はロベスピエールと並んでいるより、ブリソと並んでいることのほうが多い。同じシャルトルの出身だそうで、向こうにいたときから親しかったわけではないようだが、パリに来て同郷の友誼《ゆうぎ》を一気に深めたのだ。

ブリソは議員会員ならぬ新聞屋で、つまりはデムーランの同業者にすぎない。気鋭の論客であることは認めるにやぶさかでないながら、やはり以前は目立たなかった。それが今のジャコバン・クラブでは、それなりに幅を利かせることができる。

「はん、無理ですよ。とてもじゃないが、もう共闘は無理です。だって、フイヤン・クラブは能動《アクティフ》市民しか会員にしないというんでしょう。高額の会費で会員の資格を絞るというんじゃなくて、そう会規に掲げたわけでしょう。はん、とんでもない話ですよ」

「だから、私は思うんだ。逆にフイヤン・クラブに通達を送りつけることこそ、ジャコバン・クラブを再建する初めの一歩にするべきじゃないかと」

再び話を引き寄せながら、ロベスピエールは椅子《いす》から立ち上がることさえした。ああ、一方的に決別を宣言されて、そのままにしておくべきじゃない。ジャコバン・クラブこそ、これまでも「憲法友の会」だったし、これからも「憲法友の会」であり続けると明言しながら、こちらからも決別を突きつけてやるんだ。

ほんの三十人も数えない出席ながら、満場一致の拍手だった。デムーランも遅れずに手を叩《たた》いた。もっともだと全て納得できたからだが、手放しの賛同を捧《ささ》げたとたんに総身を捕える、この苛々《いらいら》はなんなのだ。

――言葉遊びに興じて、どうなる。

そんな不平が心に湧《わ》いた。シャン・ドゥ・マルスでは実際に人が死んでいるんだぞ。そう怒鳴りたい衝動にまで襲われたが、デムーランは必死に抑えた。ああ、声に出してはいけない。言葉遊びと非難しながら、かわりに武器など持ち出せば、僕らもフイヤン・クラブと同じになってしまう。あんな奴《やっ》らのところまで落ちてたまるかと思うなら、あくまで言葉で戦わなければならない。

「それは確かに大切なことなんだが……」

「どうした、カミーユ」

ロベスピエールが確かめてきた。大切とかなんとかいっていたようだが。

心に続けたつもりが、知らず声になって外に洩《も》れていた。いくらか慌てることになりながら、デムーランは答えた。いや、決別宣言も確かに大切なんだとは思うよ。

「けれど、ジャコバン・クラブの中身として、フイヤン・クラブと戦えるだけの力を取り戻すことも考えないと」

「再建の具体的な方策についても、もちろん議論するつもりだ」

ロベスピエールは、そつがなかった。そちらのほうが本題なのだから、ああ、確かに厳しい現実は直視しなければならないねと、左右の眉を寄せた顔で受けて続けた。

「いや、だからこそフイヤン・クラブと和解しようなんて、そんな風に話を蒸し返さないでくれよ」

受けたフェイドルは、それでも変わらぬ弱気だった。そうは申されますが、我々の劣勢は明らかなのです。

「ジャコバン・クラブの現状をいえば、会員総数でも六十余名、議員会員にいたっては復帰組を含めて、ロベスピエール氏、ペティオン氏、レドレール氏、ビュゾ氏、コロレール氏、ロワイユ氏、サン・マルタン氏、グレゴワール師、ボーメッス氏、それにアントワーヌ氏と、全員の名前を挙げられる程度に留まります。対するにフイヤン・クラブは、議員会員二百六十人を誇り、総数でも五百は下らないとか。これでは、どうやっても、太刀《たち》打ちできません」

「パリでは、と言葉を足してください」

うってかわって、自信に満ちた声だった。が、その柔らかな響き方からして、明らかにロベスピエールではない。晴れやかな顔で挙手していたのは、かの全国連絡委員ショデルロス・ドゥ・ラクロだった。

6——再建の誓い

しょぼくれていたラクロは、すっかり元に戻っていた。肌艶《はだつや》もよくなって、かえって若返ってみえたほどだ。ええ、よい機会ですから、フイヤン・クラブの優勢はパリのみと、ひとつ打《ぶ》ち上げさせていただきましょうか。

「私の調べによりますと、フイヤン・クラブは設立とほぼ同時に全国八十三県、津々浦々まで使者を遣わし、自らの系列に加わるようにと、全部で四百の地方支部もしくは提携クラブを、ことごとく勧誘したようなのです」

それはジャコバン・クラブの全国連絡委員、ラクロの得意分野だった。が、喜色満面で明かされた割には、喜ばしいところもなかった。フイヤン・クラブの勢いを、まして実感させられただけだ。

「ところが、です」

と、ラクロは続けた。ええ、ところが、なのです。「憲法友の会」の分裂などという予想だにしない事態に地方が戸惑っている間に、聞こえてきたのが「シャン・ドゥ・マルスの虐殺」の一報だったというのです。

「高圧的な態度で返事を迫られるほどに、皆さん、フイヤン・クラブに我慢ならなくなったようですな。やはりジャコバン・クラブだと、かえって初心に立ち返ることになったらしいのです」

これが、その証拠です。いいながら、ラクロが出してみせたのは、机上に置けばドンと鈍い音が聞こえるくらいに重い、まさに紙片の束だった。

「この一週間で各地方支部もしくは提携クラブから、当クラブに寄せられた書簡です」

ラクロは何枚か手に取った。ええと、これは「憲法友の会」のヴェルサイユ支部からの手紙ですが、ふふふ、やってきたシャルル・ドゥ・ラメットを、にべもなく追い返してやったんだそうです。こちらは「友愛協会」の代表タリアン氏ですが、やはりフイヤン・クラブの勧誘を拒否し、ジャコバン・クラブと提携を続けたい旨を寄せられております。「社会の輪」も同じで、引き続き「最も熱意ある祖国の守り手と共に、すなわちロベスピエール、ペティオン両議員と一緒に歩んでいきたい」とのことですな。

「いずれにしましても、地方はジャコバン・クラブを支持していると、かかる結論ばかりは現時点で動きますまい」

ラクロは最後に断言することまでした。いや、まだ一週間ですから、正確な数字は把握できません。それでも現下の感触でいわせていただきますと、地方クラブの三分の二、ことによると四分の三までは、ジャコバン・クラブの傘下に留まり、あるいは提携関係を維持するものと思われます。

「正義は廃《すた》れていない」

ロベスピエールは興奮に震える声で打《ぶ》ち上げた。ああ、そうなんだ。やはり、そうなんだ。このフランスでは、まだ正義は廃れていないんだ。健全な精神が逞《たくま》しく息づいて、今も不正を認めようとはしないんだ。

——当たり前じゃないか。

傍《はた》で聞くデムーランとしては、そう片づけざるをえなかった。というのも、フイヤン・クラブを設立したのは、土台が地方を軽んじてきた面々なのだ。反対にジャコバン・クラブに残留したのは、地方を重視してきた面々だ。再建の足がかりは地方に求めるしかないと、それくらい、七月十七日の時点でダントンが看破していた話にすぎない。

正義が廃れていないなどと、これまた別して唱えるような話ではなかった。議会の出《で》鱈目《たらめ》に憤慨している人間は、決して世の少数派ではないはずだ。かかる見込みに確信があったからこそ、皆で図って署名嘆願大作戦を決行しようとしたのではないか。

——むしろ問題は、その正義が力ずくで潰《つぶ》されたことにある。

デムーランは釈然としないままなのに、ジャコバン・クラブのほうは安直な興奮に上滑りするようだった。ああ、地方を足場に再建していこう。ああ、フランスに息づく正義を頼みにしよう。議員が少ないなら少ないでいい。時間はかかるかもしれないが、我々は我々で信ずるところを貫けばいい。ああ、ジャコバン・クラブは、それでいい。

――そのときコルドリエ・クラブはどうなる。

ダントンは今なおイギリスに逃れたままだ。マラが再び姿を現したとも聞かない。モモロは釈放される気配もない。ジャコバン・クラブは再建にかかれても、コルドリエ・クラブのほうは壊滅状態に追いやられて、再び立つ目算も立たない。

「はん、他は知るものか」

と、ロベスピエールは続けた。ああ、フイヤン・クラブはフイヤン・クラブで勝手にやればいい。なにをされても、かまうものか。徒《いたずら》に張り合うことなく、我々は我々の道を歩んでいくのみ……。

デムーランは胸奥にピシと鋭く亀裂が走る音を聞いた。直後には声を張り上げていた。

フイヤン・クラブは勝手にやればいいだって。なにをされても、かまわないだって。

「ふざけるなよ、マクシム」

「ど、どうしたんだ、カミーユ」

「だから、フイヤン・クラブのことだ」

デムーランは立ち上がった。それまでは話の輪の外側だったが、ずんずん進んで、みるまにロベスピエールの頭上に迫った。だから、そうじゃないだろ。絶対に違うだろ。

「フイヤン・クラブの好きにやらせちゃ、まずいだろう」

「しかし、向こうをどうにかできるわけじゃない。私たちは、まず私たちができることを……」

ロベスピエールは黙らず、反論を試みるようだった。ああ、先輩面して、いつもこうだ。僕を弱気な後輩と侮りながら、いつも強引に押してくるのだ。が、今度ばかりはさせるものかと、デムーランは退《ひ》くどころか、前へと鼻を突き出した。だから、それじゃあ甘すぎる。

「シャン・ドゥ・マルスじゃ、人が殺されているんだぞ」

「それは……」

「殺した連中には、なんの咎《とが》めもないのか。のうのうと生かしてやるのか。好きを続けさせるのか。マクシム、それでいながら、君はフランスの正義とやらを唱えられると思うのか」

「………」

「フイヤン・クラブを叩《たた》きのめせ。奴《やっ》らに死ぬほどの思いを味わわせてやれ。でなかったら、僕はどうでも気が済まないぞ」

一気に吐き出してから、気づいた。ロベスピエールは言葉をなくしていた。目を大きく見開いて、勢いに呑《の》まれたという表情だった。

敗北の大きさのあまり、すぐには立ち直れない様子だった。この勝ち気な優等生を誰がそこまで追い詰めたのかと自問すれば、今度はデムーランが狼狽《ろうばい》する番だった。あ、いや、なんというか、その、とにかく、大きな声を出して、すまなかった。

「ただ僕は……」

「なにが望みだね、デムーラン」

聞いてきたのは、ブリソだった。なにが望みかと聞かれて、デムーランはこれと即答できるわけではなかった。ただフイヤン・クラブが許せないだけだ。偉そうな顔をして、のさばり続けている連中を、そのまま放っておく気にはなれないだけだ。

「我々とて、一矢《いっし》報いたくないわけではない」

ブリソは自分から先を続けた。ああ、私とて報復したい。ところが、敵は議会に圧倒的な力を振るう。特別法廷を設置し、署名運動を展開したコルドリエ・クラブ、ならびに関与が疑われるジャコバン・クラブまで裁こうという目論見《もくろみ》だけは、世論の高まりに助けられて、なんとか阻止することができたが、なお反攻には転じられない。「シャン・ドゥ・マルスの虐殺」を裁くところまでもっていくのは難しい。

「ただジャコバン・クラブとして、なんらかの声明を出すことはできるだろうな」

「虐殺者として、フイヤン・クラブを名指しするわけかい」

受けたのは、ペティオンだった。ああ、やるべきだろうね。世論が味方している今だからこそ、声明でも、檄文《げきぶん》でも、冊子でも、貼り紙でも構わないから、とにかく派手な告発に及んでやるべきだろうね。

「法廷で裁けないなら、社会的に抹殺してやるというか……」

「できるのか、そんなことが」

ロベスピエールが再び顔を上げていた。ただの誹謗中傷《ひぼうちゅうしょう》だと、悪意のいいがかりにすぎないと、それで片づけられて終わらないか。かえってジャコバン・クラブの品位を下げることにはならないか。

「しかし、なにもやらないでは……」

「とはいっていない」

優等生は元の自信を取り戻した、いや、なんとしても取り戻さなければならないと、躍起の顔になっていた。ああ、私とてフイヤン・クラブを無罪放免してよいとは思わない。けれど、そのためには確たる証拠と証明が必要なんだよ。

「ジャコバン・クラブでシャン・ドゥ・マルス調査委員会を立ち上げよう」

それがロベスピエールの提案だった。七月十七日の練兵場で一体なにが起きたのか。誰が考え、誰が命じ、誰が動いたのか。事実関係を克明に調べ上げて、虐殺の犯人がいるならば、その極悪人からあらかじめ釈明の機会を奪っておくのだ。

「悠長など、まだ怒られるかもしれないが……」

ロベスピエールは、ちらと目を送ってきた。刹那《せつな》だけ狼狽したが、すぐにデムーランは答えた。いや、悠長とはいわないよ。ただ断固たる決意では進めてほしい。

「決まりだな」

と、ブリソが受けた。ああ、ジャコバン・クラブでシャン・ドゥ・マルス調査委員会を立ち上げよう。すぐさま委員の選抜にかかろう。

「それも含めて、ジャコバン・クラブ再建の誓いは、フイヤン・クラブ報復の誓いでもあるということを、皆で確認しようじゃないか」

最後はペティオンだった。ああ、理想の実現は、もちろん常に見据えているべき大切な目標だよ。ところが現実の政治というものは、不可避的に闘争の側面を持たざるをえないという理《ことわり》も、ゆめゆめ忘れるべきではないね。

7――夫婦生活

――なにが好きといって、マダムの尻より好きなものはない。

そんな言葉をルイが心に並べたのは、ついに果てるとき、左右の掌《てのひら》のなかに捕えて、その柔らかな肉塊《にくかい》をつかみあげたからだった。

解放されたかの刹那《せつな》には、波打つような揺らぎのなかに、ずぶずぶ埋没していく錯覚にも襲われた。その心地よさに執着しながら、マダムときたら、なんと大きな尻なのだろうか、女という生き物はやはり豊饒《ほうじょう》の象徴であるな、女なくしてはどんな男の人生も貧しかろうなと、さらに得心の言葉は続いた。そうすることで、我が身の幸福を確かめるというのが、フランス王ルイ十六世の決まりだった。

マダムというのは無論、フランス王妃マリー・アントワネットのことである。

ルイはこの妻以外の女を知らない。また知ろうとも思わなかった。そんな時間と体力があるならば、一度でも多くマリー・アントワネットを抱きたい。夫婦なのだから、それが正しい振る舞いなのだと、ある種の信念もないではなかった。

――という割に、今夜で八十二回目か。

ルイは回数を覚えていた。手帳に記すなどという悪趣味な真似《まね》をするまでもなく、八十二回の場所も時間も全て洩《も》らさず記憶していて、ひとつひとつ思い出すことができた。

結婚して二十余年、その数が多いのか少ないのか、どうにもルイには判じかねた。いや、普通の夫婦よりは少ないだろうと、冷静な自覚はあった。結婚して最初の七年は一切の関係がなかったからだ。

――誰も教えてくれなかった。

先代ルイ十五世は放縦《ほうじゅう》な私生活で知られる、というより女遊びの他は仕事もないような王だった。にもかかわらず、後を継いだルイ十六世には指南する者もなかったのだ。

先代とはいえ、ルイ十五世は祖父であり、ルイ十六世との間には早世した父がいた。その父、王太子ルイは母王妃を軽んじた父王への反発から、私生活を厳に律し、模範的な家庭生活を営もうとした人物だった。

――なにも知らない子供の私も、なんとなくだが、罪悪感を持たされて……。

なにも知らないまま、オーストリア皇女マリー・アントワネットと結婚させられた。

だから、ルイはなにもしなかった。

王太子妃、ついで王妃という立場に進んだにもかかわらず、懐妊の報《しら》せも鳴らせないということで、妻のほうは随分やきもきしたようだった。が、そのマリー・アントワネットを含めて、ああしろ、こうしろと勧めてくれる人間はいなかったのだ。

――私がフランス王だからだ。

至高の地位を占めている人間に、さしでがましい話ができる人間など、滅多にいるものではなかった。いるとすれば、同格以上の人間だけだ。

――義兄《あに》のオーストリア皇帝ヨーゼフ二世には……。

それゆえ感謝するべきだろうな、とルイは思う。今日に至るオーストリア贔屓《びいき》の感情も、このあたりに根があるのかなと自己分析したりもするが、さておき、あの一七七七年にヴェルサイユを訪ねてもらえなかったとしたら、今頃どうなっていたことか。

義兄皇帝は助言をくれた。ちょっとした助言、あとは気持ちを追い詰めない程度の励ましをもらえただけだったが、それでルイは務めを果たすことができた。ああ、話しさえしてもらえれば、私は聞く耳を持たないわけではない。

――ただ孤独だった。

マリー・アントワネットのことは、はじめから好きだった。王者の孤独を実感していればこそ、自分に妻として与えられた女に、無関心でいられるものではなかった。

いや、はっきりいえば、ルイは初対面から夢中だった。必ずしも上手に伝えられなかったかもしれないが、妻のことは心から愛していた。

懸案だった房事を果たせば、いよいよ気分は高まるばかりだった。それまで知らずにいたからこそ、我慢のしようがあっただけで、いったん経験してしまえば、もう一夜も独り寝では済まされなかった。

「…………」

身体《からだ》を離すや、とたん下腹の湿りが冷たい感触になった。対になるべき女の部位も、同じように急に冷めていくのだろうかと、ルイは少し考えてみた。そうだとして、淋《さび》しくはないのだろうか。悲しくはないのだろうか。

いや、前にも気になったことはあり、そのときは実際に調べようとした。嫌がられたが、夫の権利なのだと止《や》めなかった。恥毛に隠れた黒子《ほくろ》を偶然みつけることができて、妻の秘密を、それこそ妻自身も知らないような秘密を突き止めたのだと、なんだか無性に嬉《うれ》しくなって、それで満足してしまい、そのときは放念して終わっている。

——きちんと探究していたならば……。

ルイには、はっきりと後悔がある。したかった。もっと、もっと、したかった。あるいは無念というべきなのかもしれないが、いずれにせよ今日までの夫婦生活は、満足するところからは程遠いものだった。

普通の夫婦より少ないことは仕方がない。問題は、それを容易に挽回《ばんかい》できないことだった。実のところ、ごくごく最近まで絶えて久しい状態になっていた。

子供を得るためには、二人とも励んだように思う。第一子の誕生が一七七八年、第二子が八一年、第三子が八五年、生後間もなく亡くした第四子が八六年。

王女が生まれても、王位継承者の王子を得るまではと、なお二人ともに意欲的だった。王子が生まれて、人心地つけられたことは事実だが、それでも王位継承が夢にも途絶えることがないよう、さらに婚姻外交も考えると、もうひとり、ふたり念のためと、義務として課された分には、ルイも気後れすることがなかった。

――それも全て果たしてしまった。

ルイが萎《な》えたわけではなかった。が、女の務めから解放されるや、それきりマリー・アントワネットのほうが、プチ・トリアノン宮に籠《こも》ってしまったのだ。

あれもルソー流の「自然」というのか、田園風に仕立てた庭園に農家に似せて建てられた屋敷は、ヴェルサイユの敷地の内にあるとはいえ、本宮殿とは全くの別棟だった。前々から王妃が入れこんでいた場所だが、それも第四子の王女が亡くなってからは籠りきりで、ほとんど出てこないくらいになったのだ。

――私は独り寝になった。

同じ建物に泊まる日もないではなかったが、それでも寝室は別になった。今にいたるまで数年来の別室生活で、つまりは数年間なにもなかった。正確を期すならば、最後の王女の妊娠を告げられて、それなら大事を取らなければならない、しばらく控えることにしようと理解を示した一七八五年十二月六日、七十四回目の夜以来という話だ。

――あれが、もしや最後なのか。

夫婦など、こんなものかと考えることはあった。子供さえ得られたならば、強《し》いて励むような営みでもなかろうと、そんな風に達観しようとも試みた。ああ、もうギラギラした若者ではない。夜が長くて堪えられないわけでもない。

下半身に翻弄《ほんろう》されてしまうなど、いい歳《とし》をして滑稽《こっけい》だぞと、自分を冷やかそうとしたこともある。が、当年とって三十七歳、枯れるというには早すぎると、そういう思いもルイにはないではなかった。

――祖父王ルイ十五世など……。

六十四歳で死ぬ寸前まで、デュ・バリー夫人などという、下品な色香ばかりを煮詰めたような女を側《そば》に置いて、かたときも離さないほどだった。ああ、人間なんて、そうそう簡単に枯れてしまうものではない。むしろ、まだまだ人生を謳歌《おうか》して然《しか》るべき年齢だ。

――プチ・トリアノン宮に乗りこんで……。

いきなり夫の権利を主張しても、マリー・アントワネットにも誰にも文句をいわれる筋合いはない。そう自分をけしかけることもあったが、結局のところルイは一度も妻の寝台を襲わなかった。フランス王としての激務に追われる日々だったし……。仮に時間が空いたとしても、浅ましいと思われるのは不愉快だったし……。

——愛人がいるなどという不愉快な噂《うわさ》もあったし……。

いや、それが強く押せなかった最大の原因だろうと、今や自分の気持ちを直視することができた。だから、もう強気になれる。枕《まくら》に沈めかけた頭を浮かせて、ルイはずいと手を伸ばした。

「おやめください、陛下」

言葉では断りながら、マリー・アントワネットは逃げなかった。背中を回してみせるでもなく、たゆたうような身体を置き放しにして、愛撫《あいぶ》の手に任せたままだ。

受け入れられたと思うや、ルイは大胆な真似もした。掛け布を潜ろうとして、その鼻先ばかりはさすがに女の膝《ひざ》に拒まれてしまったが、かわりにクスクス笑う気配があった。おなかの肉も、ひくひくと動いていた。これが夫婦だ。やはり夫婦だ。私たちは夫婦に戻ることができたのだ。

——ヴァレンヌでの逃亡の失敗こそ幸いというべきかな。

ルイは悪戯《いたずら》を断念して、掛け布から頭を出した。かわりに白く変わってしまった妻の髪の毛を、なるだけの慈しみを籠《こ》めて撫《な》でた。

——いや、これはこれで、今だって美しい。

心に受けた痛手のあまり、一気に白髪になってしまったというが、マリー・アントワネットは元の栗毛《くりげ》も金色がかるというより、むしろ銀髪に近かった。それが光り輝いて、若いときから一種の華やかさになっていたのだ。今さら白い、白いと取り沙汰《ざた》するほうが、かえって意地が悪いというべきだろう。

ふんと鼻で笑いながら、ルイは切り捨てたい気分だった。ああ、なにが心労あまって、このまま命を落とすのではないかだ。死んでしまうどころか、最近のマリー・アントワネットときたら艶《なま》めかしい吐息を洩らして、いよいよ生の力に溢《あふ》れているではないか。

――それが証拠に八回目だ。

ヴァレンヌで捕えられ、パリに戻ってきてからだけで、もう夜を共にするのは八回目になるというのだ。

しばらく途絶えていたものが、再開した。それだけでルイは大いに得をしたような気分だったが、それ以上に積年の疑念が一掃されたことが嬉しかった。ああ、なにがマリー・アントワネットの愛人だ。フェルセンなど使えない、ただの駄目男だったではないか。ああ、もはや、はっきりした。間男と逢瀬《おうせ》を重ねていたどころか、また妻も御無沙汰の数年だったのだ。私という夫と再び親密な夜をすごすことはできまいかと、この妻とて密《ひそ》かに望み続けていたに違いないのだ。

そう心にまとめてから、ルイは相手に確かめた。

「実際のところ、マダム、悪くはなかったでしょう」

「なにが、でございますか」

「ヴァレンヌで幕を引いた逃亡の企《くわだ》ては致命的な失敗だったと、一時は絶望なされたようですが、どうして、こうしてパリに戻されてみれば、あながち悪いことばかりではない」

いいながら、ルイは中指を動かした。マリー・アントワネットが膝を閉じるかの動きで逃げたので、とっさに言葉を続けないではおけなかった。

「バルナーヴとやら……」

「ええ」

「それにデュポールとラメット、あの三頭派と呼ばれる者たちも、なかなか頑張ってくれているようではありませんか」

8——ピルニッツ宣言

八月も終わりに近づいていた。憲法制定国民議会は、その使命を最終段階に進めていた。憲法委員代表のトゥーレは八月七日、憲法全条文の草案を議会に提示、九月の制定に向けた最終的な精査にかかるよう、全議員に促したのだ。

憲法で打ち立てるべきは立憲王政だった。要《かなめ》というべき国王の権限に関する議論も、無論おざなりにはされなかった。いや、従前の革命的態度からするならば、反動的とさえいえる議論になった。

王には立法に対する条件付き拒否権が認められた。また官僚機構と軍隊の最高指揮権者として、引き続き各大臣の任免権も与えられた。各国大使や将軍の選定にも関わることができる。恩赦の権限も保持できることになった。

なかんずくルイが嬉《うれ》しかったのが、国王の地位が神聖不可侵とされ、また体制に占める位置づけについても、侮辱的な「筆頭吏員《りいん》」とか、無味乾燥な「執行権の長」であるとかいう言葉が退けられ、きちんと「世襲の代表者」とされたことだった。

フランスという国家を代表するのは、国民でなく、議会でなく、やはり元首としてのフランス王でなければならないと、そこのところの分別を取り戻してもらえたということだ。

批准には応じながら、かねて難色を示してきた聖職者民事基本法とて、それまでいわれてきたように憲法の一部となるのでなく、ここに来て普通の法律に格下げされることに決まった。ルイの気分をいえば、これで憲法に宣誓しやすくなった。信仰の問題とは、いっさい関係なくなるからだ。

また聖職者民事基本法が普通の法律にすぎないならば、こちらには拒否権を行使する余地が生まれる。議会に条文の修正を促して、フランス国内の宣誓拒否僧たちが、さらにはローマ教皇が妥協しえる落とし所まで、うまくもっていけないとも限らない。

――まさに大盤ぶるまいじゃないか。

議会の譲歩を看取するほど、ルイは思う。ヴァレンヌ事件は正解だった。逃亡の成否以前に、反意を示せたことが無駄でなかった。あのまま大人しくしていたら、こんな風に配慮された憲法が出されてきたとは思えない。

「うん、なかなかやるじゃないか、バルナーヴたちも」

いうまでもなく、全ては三頭派の主導によるものだった。ラ・ファイエットやバイイらの一七八九年クラブと合同して、フイヤン・クラブとやらを設立したとも聞くから、あるいは「フイヤン派」とでも呼ぶべきなのかもしれないが、いずれにせよ力を増して、一党は今や議会に敵もない勢いなのだ。

――それが王のためを図ってくれる。

バルナーヴ、それにデュポール、ラメットは、この春に没した宮廷秘密顧問官、かのミラボー伯爵の後釜《あとがま》を、完全に継いだという感じだった。

「けれど、ミラボーより頼りない感じがいたします」

と、それがマリー・アントワネットの答えだった。

今回も窓口は王妃だった。自分が手紙を書いたり、あるいは直《じか》に会見したりするのでは、それこそフランス王の値が下がると考えてのことだったが、加えるにルイには、直感なら女のほうが優れるだろうという計算もないではなかった。

「うん、さすがはマダムですな」

マリー・アントワネットの見立ては、恐らく間違いではなかった。諸々《もろもろ》の情報を総合しながら、直感ならぬ熟考を重ねて、ルイが判断したところでも、やはりバルナーヴたちは頼りなかったのだ。

三頭派、あるいはフイヤン派として、今や議会を席捲《せっけん》する勢いを示していながら、いうところの政治力となると、あまり見るべきものはないようだった。

数を頼みにできる憾《うら》みか、たった独りで議会を壟断《ろうだん》し、あるいは好きに大衆を操作したミラボーのそれと比べるなら、まさに大人と子供くらいの違いがある。

ルイが割り引くというのも奇妙な話ながら、ヴァレンヌ事件の後始末なども褒められたものではなかった。いくらなんでも、誘拐事件というのはひどい。でっちあげにしても稚拙にすぎる。あまりにも強引で、手つきがみえすぎるのだ。

「先月なども『シャン・ドゥ・マルスの虐殺』などやらかして、最後は世間の反発を買うことになったようですし」

マリー・アントワネットが続けていた。その件についていえば、ルイとて呆《あき》れ果てていた。武力の発動など、最後の最後に採るべき手段だ。というより、通常は威嚇《いかく》の意味でしか用いるべきでなく、それが効かないならば、さっさと取り下げるのが利口なのだ。実際に発砲を命じるなど、政治的な措置としては下《げ》の下といわざるをえなかった。

ルイも答えた。まあ、必ずしもバルナーヴたちが命じたものでなくて、うん、あの軽薄男ラ・ファイエットの暴走というのが真相なのかもしれませんが、うん、うん。

「いずれにせよ、政治的後退を余儀なくされたのは事実ですね」

「困りますわ。ミラボー伯爵が生き返ってくれないかしら」

とも、マリー・アントワネットは口走った。が、ミラボーが生き返るのは嫌だなと、こちらのルイとしては吐露せざるをえなかった。

ミラボーの実力を認めるのはやぶさかでない。が、あの男は出来すぎた。ああ、あまりに見事で反論ひとつかなわないので、ときに重たく感じられたほどだった。ああ、あんな大男に乗っかられ、頭ごなしに命令されるのではかなわない。

——だから、うん、やはりバルナーヴくらいが丁度よい。

それがルイの受け止め方だった。あれなら軽い。それ以前に今度は命令などさせない。主導権を握るのは私のほうだ。命令するのは、このフランス王ルイ十六世のほうなのだ。国王たる者の存在感を確かめられたという意味でも、ヴァレンヌ事件は収穫大だった。反意をみせても、議会が立憲王政を掲げるかぎり、決して排除されることがない。ああ、フランス王は簡単には取りかえられない。連中としても温存するより仕方がない。誘拐説でもなんでも捏造《ねつぞう》して、のみか地位を高め、また権限を与えなおすことまでしても、大切にするより仕方がない。

——それで操り人形にしたつもりだろうが……。

思い上がりも甚だしい、とルイは思う。なんとなれば、フランス王は取りかえが利かないのだ。簡単に取りかえられるのは、ネッケル然り、ミラボー然りで、むしろ政治家のほうなのだ。

——彼奴等《きゃつら》こそ、いわば私の手駒《てごま》だ。

だから、軽いほうがよい。今度のバルナーヴなど、使えない、あるいは都合が悪くなったとなれば、すぐに捨てて、簡単に取りかえることができる。ああ、国王に残された権限を最大限に用いながら、政治家という手駒を上手に動かすことで、この未曾有《みぞう》の危機を打開していく。

——私の戦いは、まだ始まったばかりなのだ。

今の自分ならそれができる、いや、しなければならないとも、ルイは考えるようになっていた。さもなくば、フランスの民は幸せになれないからだ。国政の改革は、いや、革命さえも実行できるのは、ひとりフランス王だけだからだ。

——それが証拠に政治家など、権力闘争ばかりじゃないか。

嘘《うそ》をつく、理想を曲げる、暴力まで用いるのは、全て保身のためである。その保身に走らなければならないのは、自《みずか》らの地位が約束されていないからなのだ。

フランス王は違う。神聖不可侵の国家元首である。だからこそ、「私《わたくし》」の欲がない。保身に汲々《きゅうきゅう》とすることなく、ひたすらに民のための政治ができる。無為を貪《むさぼ》る愚君なら別として、このルイ十六世のような王ならば、つまりは国政に意欲ある改革派の王ならば、どんな手段に訴えようとも、政治の実権を取り戻さなければならない。

「ピルニッツ宣言が出されたでしょう」

と、ルイは話を変えた。唐突な印象を抱《いだ》いたかもしれないが、そのこと自体はマリー・アントワネットも承知しているはずだった。

一七九一年八月二十七日、オーストリア皇帝レオポルト二世とプロイセン王フリードリヒ・ヴィルヘルム二世は、ピルニッツ市内ザクセン選帝侯の持ち城において会談、その日のうちに共同声明を出した。

フランスの革命を「ヨーロッパに君臨する全ての王侯にとって共通の利害を含んだ問題」であると位置づけ、「フランス王を完全なる自由のうちに安堵《あんど》させ、また諸王の権利を鑑《かんが》みても、フランス国民の利益を鑑みても、いずれの場合も等しく適《かな》う君主政の基礎を確立する」ためならば、「全員一致において、すぐさま必要な武力を用いて行動する」と、二大君主は高らかに宣言したのだ。

「勝手をするなと、私は抗議の返事を出すことにしました」

と、ルイは続けた。妻が眉《まゆ》を顰《ひそ》めた気配が感じられた。

「兄上に対して、でございますか」

いうまでもなく、マリー・アントワネットはオーストリア皇室の出身である。亡くなったヨーゼフ二世のみならず、またレオポルト二世も実の兄にあたる。実家の話であるだけに、心穏やかではいられないのだろう。

小さな笑いを洩《も》らして、妻を安心させながら、ルイは続けた。

「いや、弟たちに対してです」

ピルニッツ宣言の実相をいうならば、国外亡命を果たしているプロヴァンス伯とアルトワ伯、つまりはフランス王ルイ十六世の弟たちによる働きかけが大きかった。

二人の王弟はピルニッツ宣言と一緒に公開書簡をフランスに送りつけ、兄王が憲法を承認することなどないとか、あったとすれば強制されたものだとか、いずれにせよ認めがたい事態だから、亡命貴族を糾合《きゅうごう》したうえで諸王と図らずにはいられないとか、自分たちの声まで荒々しく大にしている。

「まったく、勝手をやってくれるものです」

「そうですか。そうでございますわね」

マリー・アントワネットは声に少し明るさを取り戻した。ええ、兄のレオポルトについて申し上げますと、ピルニッツ宣言は出したものの、本気で戦争を考えているわけではないようです。

「存じております。今はポーランド分割のほうに、お忙しいようですね。ええ、義兄上《あにうえ》はフランスに戦争をしかけるどころではないのでしょう」

「わたくしには、兄には戦争のこと、本気で考えてほしいと思うときがありますけれど、まあ、仕方ありませんわね。こちらはこちらで立憲王政ですか、とにかく、この革命のなかで王家の地位を守らなければならないと必死なわけでございますからね。それが戦争沙汰などになってしまっては……」

「いや、マダム、だから、悪くないんじゃないですか」

「………」

「うん、戦争になるのも悪くないと思いますよ」

ばっと動いて、マリー・アントワネットは半身を起こした。今度は白い乳房が揺れた。こっちも魅力的だなあと思いながら、ルイは笑顔で言葉を続けた。もちろん私は戦争など唱えませんよ。弟たちにも抗議の手紙を送りつけます。けれど、ピルニッツ宣言を許されざる挑発と解釈して、こちらのフランス国民が激怒するというならば、それを強《し》いて宥《なだ》める理由もないだろうと、そんな風に考えているわけです。

「ええ、最後通牒《さいごつうちょう》を出したいなら出させます。ええ、ええ、私は迷わず批准します。そうして開戦の事態に運べば、そなたの兄上はフランスに軍隊を送ってくださいますでしょうか」

「しかし、陛下は憲法を認めて……」

「はは、はは、立憲王政だなんて、それがマダムのお望みなのですか」

「それでは……」

「諸国の軍勢、わけてもオーストリアの軍勢を呼びこんで、その力でフランスの革命勢力を排除する、フランス王の至高の権を再興すると、やはりと申しますか、それしか手段はないようですね」

ルイは妻の瞠目《どうもく》に淡々として明かし続けた。となれば、二枚舌を弄《ろう》することも政治でしょう。ええ、あくまでも表向きは立憲王政を支持しながら、そのなかで与えられた権限を最大限に利用して開戦の事態に運び、と同時に密《ひそ》かに諸外国と結びながら、その武力で絶対の王としての復権を図る。

「簡単な話とはいいませんが、それでも、ええ、全て私に任せてくれてよろしいのです」

いいながら、ルイは妻の豊かな腰に手を回した。ゆっくりゆっくり探るように動かしたが、今度のマリー・アントワネットは拒否したりしなかった。むっとして濃い体臭も煙り立ち、そのまま八十三回目に進むことができそうだった。

9——最後の議会

一七九一年九月三十日、議長トゥーレは議場に高らかに宣言した。

「憲法制定国民議会は国家に憲法を与えることができました。王政と自由、そのいずれをも等しく保障する憲法です。かかる目的を達したことにより、当議会は本日付で解散することにいたします」

そう宣した言葉が終わるか終わらないかのうちに、もうロベスピエールは立ち上がった。自分の議席を離れると、まっすぐ調馬場《マネージュ》付属大広間の出口を目指した。

背中の議場では「ばんざい《ヴィーヴ》！」の声が湧《わ》き上がっていた。憲法ばんざい、議会ばんざい、あげくが議員ばんざいと、そんな言葉まで聞こえてくる。いや、聞きたくないと、こちらは大急ぎで逃げ出していたわけだが、いざ耳に飛びこんでくる段になれば、ロベスピエールの胸にも感慨は去来しないでおかなかった。

——議員になって、二年五カ月か。

歳月の重さは重さとしてあった。二年五カ月は、あらためて長かった。我ながら信じられない思いもするが、それで確かに間違いないのだ。

はじめて議員と呼ばれたのは一七八九年五月、アルトワ管区選出の第三身分代表として、全国三部会に臨んだときだった。国民議会、憲法制定国民議会と名前を変え、またヴェルサイユからパリへと場所も移動したのだが、議会そのものは最初に召集されたままだった。また議員の資格も自《みずか》ら放棄しないかぎりなくならなかった。

――だから、ずっと働きづめだった。

トンネルのような長い廊下にさしかかったところで、ロベスピエールは足を止めた。一瞬なりとも目を瞑《つむ》れば、二年余の思い出が勢いよく蘇《よみがえ》る。

ヴェルサイユの議員行進は興奮した。が、もう翌日には身分差別に憤慨せざるをえなくなった。第三身分は自ら国民議会を宣言するや、憲法を制定するまで解散しないと球戯場《ジュ・ドゥ・ポーム》で誓いを立て、国王の解散命令にも応じなかった。

第一身分の引き抜きに成功したところで、軍隊が動員され、その圧力で一時は議会解散の危機に曝《さら》されたものの、パリのほうで民衆が総決起して、バスティーユを陥落させた。

それをきっかけに事態は一気に革命まで突き進み、また議会も人権宣言を採択、封建制を廃止、さらに行政改革、教会改革と着手しながら、なにより憲法制定の作業にかかったのだ。

——思えば、夢のような日々だった。

そこはロベスピエールも素直に振り返ることができた。というのも、自由、平等、友愛の精神が掲げられ、生まれながらの人権が認められ、つまりは身分というものがなくなり、そうした全ての現実は革命を迎えるまでは、ただ書物のなかでルソーが論じていた世界、まさに夢の世界の話でしかなかったからだ。

——とはいいながら……。

いざ現実になってみると、その夢は必ずしも綺麗《きれい》でなかった。

——だから、感傷に浸っている場合ではない。

ロベスピエールは再び前へと歩き出した。ああ、こんなところで立ち止まるわけにはいかない。少なくとも私は立ち止まらない。他の議員たちと一緒に、ばんざいなど唱える気にはなれない。

再選禁止の法律が可決されたため、憲法制定国民議会の現職は、次の立法議会では議員になれない。つまり、この九月三十日に議会の解散を迎えた議員は、全員が今日かぎりで議席を失う運びだった。にもかかわらず、ばんざい、ばんざいの声が議場に木霊《こだま》している

のだ。

失職は必ずしも嘆かれたわけではなかった。それどころか大半の議員は、これで御役《おやく》

御免《ごめん》だと、ヴェルサイユ、そしてパリと二年五カ月も拘束された末に、ようやく故郷に帰れると喜んでいた。

再選禁止の提案が、すんなり容《い》れられたというのも、そろそろ家に帰りたいと、議会の解散が心待ちされた頃だったからなのだ。

ただ我が家が恋しいというだけではない。大方がブルジョワであれば、自分が留守をしている間に会社が傾いていやしないかと、またぞろ不作が囁《ささや》かれ不景気が噂《うわさ》される昨今だけに早く本業に戻りたいと、そういう思惑も小さくなかった。

もちろん、なかには議席に未練を残す輩《やから》もいる。下野して後も、政治活動を続ける輩も少なくない。それでも今度の憲法制定に達成感を覚えているなら、やはり議会の解散は晴れの区切りとして喜ぶべきものになるのだ。

「が、この私には無念の解散だ」

吐き出せば、ロベスピエールは唇を噛《か》まずにはいられなかった。

八月七日、憲法委員会は制定される憲法の草案全文を議会に提示した。これを受けて、議会は八日から条文の精査にかかった。憲法制定の作業も大詰めに入り、いいかえれば、これが異議を申し立てられる最後の機会だった。

いうまでもなく、ロベスピエールは意気ごんだ。ペティオン、レドレール、グレゴワール師らと協議しながら、諦《あきら》めずに狙《ねら》うは、貧者から参政権を奪い、金満家ばかりを優遇しようという邪《よこしま》な選挙法、いわゆるマルク銀貨法の撤廃だった。ところが、なのだ。

——先手を打たれた。

憲法委員会は八月十一日の審議に、議員の被選挙権を規定する納税額一マルクの基準を外すことを、自ら提案するに及んだ。が、同時に一次集会の選挙人になるための資格基準のほうは、給金十日分の納税から四十日分の納税に高めてきたのだ。

「より良き立法議会議員を選ぶためには、立候補をする者を縛るより、その資質を見定める選挙人の質を確保することのほうが、むしろ上策と考えたわけです」

憲法委員代表として、トゥーレは改訂の理由を述べたものだった。

——ふざけるな。

ロベスピエールは憤慨した。

魂胆はみえみえだった。納税額一マルクの基準だけ外して、いわゆる「マルク銀貨法」は廃止したと唱える。そうして悪名だけは避けながら、金持ちの、金持ちによる、金持ちのための政治を実現しようという意図は、なにひとつ変えたくない。

当然ながら、即日からの猛反撃が開始された。ペティオン、レドレール、そしてロベスピエールと次から次と登壇して、憲法委員会の提案を反故《ほご》にしようとしたのだが、翌十二日に継続審議とさせるので精一杯だった。

グレゴワール師の反論を最後に押し切られ、八月二十七日に「マルク銀貨法の廃止」

と、「選挙人資格に関する若干の納税額の引き上げ」が可決された。マルク銀貨法の実質を反故にできなかったばかりか、その悪質な本性まで隠蔽《いんぺい》される羽目になり、いうなれば全面的な敗北だった。

九月三日、議会は最終的に更訂された憲法全文を採択した。これをルイ十六世は九月十三日に裁可し、十四日には宣誓を行うことで、そのまま憲法の制定が確定した。

——結局なにも、できなかった。

国民衛兵隊の入隊制限も選挙法に右に倣《なら》えで、つまるところ能動《アクティフ》市民と受動《パッシフ》市民の区別は撤廃できなかった。国王の大権は削られるどころか補強され、そのかたわら庶民については集団請願さえ法で禁止されることになった。

——やはり変えられなかった。

ロベスピエールの敗北感は大きかった。

それは「シャン・ドゥ・マルスの虐殺」を機に世論が反転した、またとない好機であるはずだった。解散前の最後の攻勢だ。使命を果たさないでは、議員を辞めるに辞められない。そうやって意気ごんだにもかかわらず、なにひとつ実ることがなかったのだ。

ジャコバン・クラブの名前で出した、「七月十七日のシャン・ドゥ・マルスについて」の調査報告すら無視して捨てられ、フイヤン・クラブの覇権はまだまだ盤石《ばんじやく》であるようだった。

「人民の共同体においては、自由より平静が必要なのだ。平静こそ第一の大事といわなければならない。政治的自由は余剰の幸福をもたらすにすぎず、どうでも必要というわけではない」

八月三十一日の議会における、雄弁家バルナーヴの演説である。ふざけるな。ふざけるな。あのときの憤激を思い出しながら、ロベスピエールは調馬場付属大広間の出口扉を睨《にら》みつけた。ああ、今こそ胸に尽きない炎を燃やすのだ。これを押して外に出れば、その瞬間から私は議員でなくなってしまう。どんな怒りも、もう議会の演壇からはぶちまけることができない。

――それでも、私の政治活動は終わらない。

終わらないからには、革命も終わりにならない。決して終わらせてはならない。ふうと大きな息を吐《つ》いて、さあと踏み出そうとしたときだった。

「これを始まりの一歩としよう」

見透かしたような言葉が聞こえた。ハッとして振り返れば、盟友ジェローム・ペティオンだった。こちらが議席を離れるや、追いかけてきたということだろう。革新を唱える同志であるならば、今こそ行動をともにしなければならないと考えたのだろう。

なるほど、仲間は少なくなっていた。ああ、ずいぶんと少なくなった。全国三部会の冒頭、議員資格審査の方法で揉《も》めたとき、有志議員で共闘したのが最初だった。ブルトン・クラブとして活動を始めたときは、ル・シャプリエ、ランジュイネ、ラボー・ドゥ・サン・テティエンヌ、ムーニエ、バルナーヴといたものなのだ。

そのときペティオンはといえば、あまり目立たない存在だった。が、ラ・ファイエットが最たる悪見本で、ただ目立てばよいというものでもない。たとえ時間がかかろうと、大切なのは信念を貫くことだ。正義を全《まっと》うしたならば、早晩卓抜せざるをえないのだ。

――最初はさほど重要ではない。

存在感が薄かったといえば、この私にしても当時は大勢のなかに埋没する身にすぎなかった。いや、「猿」とまで呼ばれて、それ以下の扱いだった。ロベスピエールは苦笑を禁じえなかった。というか、あの頃はミラボーの勢いにあてられて、他の全員が霞《かす》んだものだ。

苦笑を収めて、ロベスピエールは少しだけ考えてみた。人民に愛され、議会を席捲《せっけん》した、かの「革命のライオン」が今も生きていたとしたら、あの七月十六日にはジャコバン・クラブに残留しただろうか。それともフイヤン・クラブに移籍したのか。

――わからない。

というより、どのクラブに属するかなど、あの大ミラボーにとっては、さほど重要な問題ではない気がした。

――私は違う。

ロベスピエールは自分の高《たか》を認めざるをえなかった。ジャコバン・クラブを頼みにしなければならない。仲間と共闘しないでは、政治活動など覚束《おぼつか》ない。しかるに、ほとんどはフイヤン・クラブに移籍したのだ。ジャコバン・クラブに残るのはペティオンはじめ、ほんの一握りにまで減じてしまったのだ。

これまで革命の表舞台に立ってきた議員たちが全て失職するからこそ、これからはクラブが政治活動の主体になる。ますます重要になるというのに、この期《ご》に及んでジャコバン・クラブは劣勢なままなのだ。

発議委員会、入会審査委員会、全国連絡委員会という従来の三委員会に加え、調査報告委員会、会員監督委員会と二委員会を新設し、機構改革ばかりは進めてみたものの、それも会員が増えないでは虚《むな》しいばかりだ。フイヤン・クラブに報復してやるどころか、好転の兆しさえ見出《みいだ》せずに、この議会解散の日を迎えなければならなかったのだ。

――それでも、やるしかない。

仲間がいないわけではないのだと、ロベスピエールは自分に言い聞かせた。傍聴席のほうからもブリソが、追いかけてきたのは、ペティオンだけではなかった。

さらに旧友デムーランが、のみか地下生活を切り上げたマラ、そしてイギリスから帰国を果たしたダントンまでが、追いかけてきたではないか。

――この暗がりにも顔は並ぶ。

ああ、そうだ。コルドリエ・クラブの連中もいる。これまでも議員会員がいたわけでなく、市民活動、街区活動、集会活動を専《もっぱ》らにしてきた、逞《たくま》しき野の革命家たちだ。デムーラン、マラ、ルスタロ、エベールというような連中は、その舌鋒《ぜっぽう》鋭い言葉を活字にすることで、またとない武器としてきた。ああ、それをいうなら、ジャコバン・クラブのブリソも先輩だ。これからは私も書こうと、ロベスピエールは新聞の発刊なども考えていた。

「だから、ああ、進もう。前に進もう。なにも恐れるものなどない」

ロベスピエールが答えると、ペティオンは扉に手をかけながら大きく頷《うなず》いた。たのもしいばかりの呼応は、ジャコバン・クラブ、コルドリエ・クラブの他の面々も同じだった。だから、さあ行こう。この先の明るい未来へ。

いよいよ大扉を押すと、さああと光が射しこんできた。目を眩《くら》まされた次の瞬間に、襲い来たのは大きな音の波だった。

10——市民の冠

ロベスピエールは身構えた。が、すぐに固くなるまでもないことがわかった。

最初は驚かされた音の波が、すぐさま愉快な楽曲に転じていた。誘われて目を流すと、左手に鎮座しているフイヤン僧院の壁際に並びながら、国民衛兵隊の音楽隊が繰り出していることがわかった。

「武器の扱いより、よほど上手なんじゃないか」

誰かが小さな声で皮肉を吐いていた。たぶん、デムーランだ。

「はん、多額の月謝で音楽教師に習うのも、またブルジョワの嗜《たしな》みというわけだ」

楽器を手に手に、確かに見事な演奏だった。国民衛兵隊は退場する議員たちを、自慢の音楽で労《ねぎら》うつもりのようだった。

いや、労いを思いついたのは、国民衛兵隊だけではなかった。楽曲に合わせて手拍子も鳴り始め、ほぼ同時に歓声も聞こえてきた。

もう風は冷たいながら、よく晴れた秋の日だった。おかげで気勢がそがれなかったか、テュイルリ宮調馬場《マネージュ》の細長い敷地にも、びっしり人が詰めかけていた。憲法制定国民議会が解散される。憲法制定という偉業を果たして、それを最後に議場を去る。ならば賑《にぎ》やかに送り出してやらなければならないと、市井の人々も考えたようなのだ。

実際のところ、パリは祭り騒ぎになっていた。憲法制定が確定した九月十四日には、シャン・ドゥ・マルスの上空に、三色旗のリボンで飾られた気球が上がった。それをきっかけに祝いの気分が盛り上がったのだ。以来、通りという通りでは、いたるところ歌え踊れの陽気な有様が続いているのだ。

――が、それならば、私の迎えではない。

とも、ロベスピエールは思った。少なくとも、こちらは一緒に祝う気になどなれない。この憲法ではフランスは幸せになれないと、反感さえ覚えたからこそ、ばんざいの議場を早々と抜けてきたのだ。

憲法の内実を理解する者もしない者も、いや、そこから恩恵を受けられると承知する者より、冷遇されたことに気づかない者ほど、わけがわからないまま有頂天になっていた。世人の大半は、いや、議員であっても半ばまでは、憲法の是非など突き詰めては考えていないのだ。

とはいえ、革命前の状態を思い出すなら、憲法が制定されたこと自体が壮挙だと、前向きに捉《とら》えて喜ぶのみというのが、むしろ普通の態度なのかもしれなかった。

無邪気な祝い気分を責める気にはなれなかった。だから無難な態度として、さっさと御暇《おいとま》してしまおうと、そればかりのロベスピエールだったのだが、これだけの群集が議員の退場を待ち受けていようとは……。

多少の気後れを感じながら、ロベスピエールは調馬場の砂場に足を踏み出した。拍手《はくしゅ》喝采《かっさい》の音が高くなるほどに、気まずい思いを禁じることができなかった。顔を伏せ、誰と目を合わせることもなく、そそくさと早足ですぎてしまう。それが一番だろうと思うほど、中途半端な笑みにならざるをえない。

目が合うのはペティオンで、同じように顔を伏せていた。ああ、まいったね。本当に、やりにくいね。声を荒らげるわけにもいかないからには、ああ、ここは逃げるが勝ちというところだよ。

それで切り抜けられるはずだった。が、ロベスピエールとペティオンの二人は、ほんの数歩で大きな影に行手を遮られることになった。

顔を上げると、にこやかな面々が並んでいた。

「市民の冠をどうぞ」

いいながら、ひとりが差し出してきたのは、柏《かしわ》の葉で作られた冠のようだった。退場の議員にかぶせようと、わざわざ拵《こしら》えてきたのだろう。「王冠」ならぬ「市民の冠」とは洒落《しゃれ》ているが、それにしてもロベスピエールは受け取る気にはならなかった。だから、今日の日を祝う気はない。冠で称《たた》えられるほど、議員として十全に仕事を果たしてきたとも思わない。いや、いっそう働かなかった輩《やから》が、あるいは働いても不誠実な政治しか進めようとしなかった輩が、こうして同じ冠を渡されるのだとしたら、私としては意地でも頭に載せられない。

「いや、私は結構です」

「ええ、私も」

ペティオンも後に続いた。先刻からの苦笑も、いよいよ引き攣《つ》りに襲われていた。自分も同じ顔をしているのだろうと思いながら、ロベスピエールとしては逃げ道を探すのみだった。ところが、それが容易にみつからないのだ。あまりな人出に調馬場の砂場には、もはや花道一本分の隙間《すきま》さえ残されていないのだ。

――これでは議員の退場など祝えまい。

ばんざいを終えた議員たちが、これから続々と出てくるに違いないのに、いちいち冠など渡していては、いっそうの渋滞を作ってしまうだけの話だ。御門違いな心配までしてしまうのは、それだけ閉口したからだった。ロベスピエールの本音をいえば、少し腹立たしくもあった。だから、通してくれ。歓迎なら後の議員のためにとっておいて、とりあえず私とペティオンだけは通してくれないか。

それでも道はひらけなかった。ほとほと閉口したというのは、とおせんぼをするのが若い娘ばかりだったからだ。熱心なジャコバン・クラブの会員、モーリス・デュプレイのところにいるエレオノール、ヴィクトワール、エリザベートの三姉妹を彷彿《ほうふつ》とさせる列だ。

むさくるしい輩には、議員に冠を手渡す大役は任せられない。そういう理屈からだろうと、そのことは察せられた。声を荒らげられないとなれば、もうロベスピエールには舌打ちするほかなかった。いや、苦手だ。正直いって、若い娘は苦手なのだ。

そうした心の声を聞いたわけではあるまいが、女も趣が違うひとりが前に出てきていた。違うというのは腕に赤子を抱いていたからであり、若いながらも落ち着いた風があるのは、きっと母親だからだろう。

ロベスピエールは少し救われた思いがした。いくらかは話もできる気になった。いや、可愛《かわい》らしい御子《おこ》さんですね。女の子ですか。健やかに成長されるよう、私も神に祈らせていただきますよ。ときにほかに用事があるものですから、私は先を急ぎたいのです。

「申し訳ありませんが……」

「うちの子を抱いていただけませんか」

「ですから、私は急ぐのです。議員なら、これから続々と出てきますから……」

「ロベスピエール議員に抱いていただきたいのです」

「…………」

「ええ、ロベスピエール議員と、それからペティオン議員に」

ロベスピエールは意味が取れなかった。同じく呆気《あっけ》に取られたペティオンと、顔を見合わせるしかなかった。

「祖国の父に抱いてほしいって、そういってるんですよ」

人垣から声が上がった。ええ、ええ、あっしらが本物とみこんでいるのは、ロベスピエール議員とペティオン議員だけなんでさ。市民の冠を捧《ささ》げたいのも、御二人だけの話なんです。そうすることで、せめてもの感謝の気持ちを表したかったんです。

教えられている間にも、人垣からは勝手な声が上がり続け、たびごと群集は盛り上がるばかりだった。

「貧民の守護者は、ここにおられる」

「マルク銀貨法なんて天下の悪法と、最後の最後まで戦ってくれた真の勇者だ」

「民主主義の弁護人だ。自由と平等のために勇敢に発言してくれたのは、あなたがた二人だけだった」

「ああ、本当の立法家は、この二先生だけなのさ。他の議員はあらかたが腐ってやがらあ」

「ありがとうございます。本当にありがとうございます」

「これからも、がんばってください。議員でなくなっても、わたしたちのことを、どうか見捨てないでください」

声に取りかこまれながら、ようやくロベスピエールは合点した。

国民衛兵隊の楽隊が、また演奏の音を高くしていた。後続の議員たちが、ようやく姿を現したということだろう。ブルジョワ民兵隊は確かに憲法制定を祝う立場だ。出迎えたいのも、この解散に満足している議員たちで間違いない。いや、調馬場に集まる人々にせよ、大半が似たような祭り気分なのだろう。

――それでも、この人たちは違う。

こたび制定された憲法などには断じて満足していない。議会の欺瞞《ぎまん》を受け流すつもりもない。それどころか、政治の不潔に怒りながら、いっそうの改革を要求している。かなえられなければ、決して幸せになれないからである。そのために戦ってきた人間を、だから見逃さないのである。

たとえ負けても、見放さない。まだまだ奮闘してほしいと、いっそう激励してくれる。

「私たちの頑張りは……」

「ああ、認められていたのだよ、ロベスピエール」

ペティオンの頷《うなず》きに促されて、ロベスピエールは母親の前まで歩みを寄せた。

「お嬢さんを、この腕に抱いてよろしいですか」

「お願いします、ロベスピエール議員」

そうした声で託された、小さく、ふわふわした塊《かたまり》をこそ、ロベスピエールは宝物のように感じた。守らなければならない。この命を守らなければならない。どの命、この命と分けるのでなく、どんな子供もこのフランスに生まれたかぎり、無条件に人間として生きる権利が認められ、幸福を追求できるような社会を、私こそは築き上げなければならない。

「やはり、祖国の父であられる」

人垣で言葉が繰り返されていた。祖国の父なんだ。ロベスピエール議員、それにペティオン議員の二人だけが、本当の祖国の父なんだ。

肝に銘じて聞いた間に、ロベスピエールは赤子の顔を見失った。不覚にも涙が溢《あふ》れて、ぼんやりと世界は曇りを帯びてしまったからだ。ああ、今日までの頑張りは無駄でなかった。そのことが確信できたからには、もっともっと頑張ることができる。ああ、まだ終わりではない。まだ負けたわけでもない。人々が背中を押してくれるかぎり、これからも私は戦えるのだ。きっと最後は勝利を収めることができるのだ。

人々は沸き続けた。その明るい声という声に背中を押されながら、ロベスピエールは再び前へと歩き出した。まさに新たなる希望を胸に、いっそう力強く再生するための第一歩としては、どうして、悪くはない踏み出しだと思われた。

11——立法議会の始まり

一七九一年十月一日、かねて予定の期日通り、立法議会はフランスの新たな立法府として開幕した。

場所はパリ、議場に用いられる建物も変わらず、テュイルリ宮調馬場《マネージュ》付属大広間だった。代わり映えしないかに思われながら、その現場に立ち会うや、まるで別な場所にいるかに感じられたのは、たぶん顔ぶれが一新されていたせいだろう。

——全ての議員が、いうなれば新人だ。

デムーランはある種の感動さえ覚えた。

つい数年前までは選挙など知らずにいた国の人々が、もはや当たり前のように議員を選ぶ。選挙法そのものは悪法で、必ずしも公正とはいえないながら、そのこと自体に覚える感慨は、決して小さなものではなかったのだ。

——フランスは政治的な成熟を遂げつつある。

変わらず傍聴席から眺め渡す立場であれば、よくわかった。全国から選ばれた七百四十五人の新人議員は、いつまでも烏合《うごう》の衆ではいなかった。

十月二十日の今日で、開幕からそろそろ三週間になる計算だが、この短い間に議会の色分けなども大分はっきりしてきていた。

左右の区別は新しい議会にも受け継がれていた。革新は左側の議席を占め、保守は右側の議席を占める。新聞を書く立場から、ひとりひとり議員を丁寧に取材した賜物《たまもの》で、デムーランはおおよその数字くらいなら、もう挙げられると考えていた。

やはりといおうか、三百五十人規模を誇る最大多数は、平原派《プレーヌ》もしくは沼派《マレ》だった。右でも左でもない、議席の中央を占める、つまりは穏健派の議員が他を圧するというのは、憲法制定国民議会の頃から変わらない風景である。

――まあ、当然の結果だ。

苦笑半ばながらも、デムーランは思う。ああ、政治的な成熟が進んだとしても、中道という立場はなくならないだろう。

これという政見があるでなく、これと肩入れして責を負おうとも思わず、そうした輩《やから》が世の大半であることの幸運として、群れれば最大多数になれるというならば、人間は無難を決めこむものだからだ。そのくせ今回は右がよかった、今回は左がよかったと、偉そうな主人顔で選択できるというのだから、平原派もしくは沼派ほど楽なものはないのだ。

——しかし、それで恥ずかしいとは思わないのか。

やむなしと譲りながらも、そこはデムーランとしても問いたかった。

実際、内なる声に動かされた議員とて少なくなかった。それぞれの選挙区で立候補を決めたときから、支部の推薦や提携クラブの応援があったのか。それとも議員に当選して、パリに上京してきてから、熱心な勧誘を受けたのか。いずれにせよ、決然として己の定席を決めた議員が過半を超えたからこそ、色分けを論じることができるのだ。

「右を占めるのはフイヤン派、おおよそ二百五十人」

ジャコバン・クラブといえば、憲法制定国民議会では左派で知られたものだった。そこから分離したというなら、フイヤン・クラブに属する議員の面々も革新の議席を占め続けるかと思いきや、これが今や議席の右側に並んでいた。

ひとつには、保守派の貴族や反動的な高位聖職者など、従前の右派が見事に抜けた事情があった。もとより前職は議席を占められないが、連中は党派として立法議会に後継を送り出そうともしなかった。もう話すことはない、議会とは断絶でよいという理屈だろう。

話を戻せば、立憲王政を唱えるフイヤン派は相対的に保守の立場になった。左派や中道と棲《す》み分けを図ろうとするならば、自然と議席の右側に寄らざるをえない。

——が、それだけともいいがたい。

従前の右派が、完全に消えてなくなったわけではなかった。いくつかは議席も占めていたし、でなくても議会の外では、なお厳然たる政治勢力なのである。フイヤン・クラブもジャコバン・クラブから分離した筋でなく、一七八九年クラブから流れてきた筋はといえば、この右派とかねて誼《よしみ》を通じていないわけではなかった。

フイヤン派は古い右派とも積極的な提携を図ろうとしていた。それも動いているのは、古い向きに顔が利くというラ・ファイエットやタレイランだけではなかった。

デュポール、ラメット、バルナーヴの三頭派は、今なおフイヤン・クラブを主導しながら、議会のフイヤン派を動かしていた。陰の実力者というほど隠れてもいないのだが、傍《はた》でみるより下野した意識が強いのか、この三人が水面下の工作などにまで、直々に動いているようなのだ。

すでに八月の段階でバルナーヴ＝マルーエ会談が実現していた。ピエール・ヴィクトル・マルーエは右派の大物である。同じくリオンの出身ということで、かねてラ・ファイエットとも誼を通じてきた。その線から渡りをつけて、バルナーヴはフイヤン・クラブを支持してほしい、三頭派の政見にどうか理解を示されたいと、直談判《じかだんぱん》したようだった。

マルーエには新聞記事を問題視され、かつて告発されたことがあり、デムーランにすれば個人的にも仇敵《きゅうてき》だった。議員を失職して後は、秘書だか、執事だか、ルイ十六世の御抱《おかか》えになったとの噂《うわさ》もあり、もちろん今も唾棄《だき》すべき男だと思っている。

そういう輩と結ぼうとするなどと、バルナーヴもバルナーヴで、全体どこまで落ちたら気が済むのかと、もはや怒りというより哀れみさえ覚える昨今である。

——つまりは王宮にも通じて……。

おかしい、おかしい、とは思ってきた。三頭派は立憲王政の路線を守りたいがために、誘拐事件までもでっちあげて、ヴァレンヌ事件を不問に付した。それにしても、憲法制定国民議会の末期にかけては、王家優遇の操作がすぎる気がした。大事は「立憲」で、そのために「王政」は必要だから、やむなく譲歩したという範囲には留《とど》まらない印象だった。

「…………」

デムーランは目撃した。バルナーヴ、それにアレクサンドル・ドゥ・ラメットまでが、連れだってテュイルリ宮に姿を消した。

王なのか、王妃なのか、とにかく王家と会談して、なにごとか話したことは間違いなかった。それも自分の目で確かめただけで、十月六日、そして十二日と、立て続けに二度である。してみると、もっと前から三頭派は……。もしやヴァレンヌで捕えられたルイ十六世一家を、バルナーヴが議会の代表として迎えにいったときから……。つまりはパリが沈黙の責めで応じたころには、すでに……。

——王家と話すことは悪ではない。

それはデムーランも了解しないではなかった。かつてはミラボーにも王家と通じている節があった。が、あの最後の英雄についていえば、ぶれない芯《しん》が一本通っていた気がする。あくまで革命を守るため、フランスに民主主義を根づかせるためだったというのは、ブルジョワなり、それを代表する議員なりの横暴を掣肘《せいちゅう》する他方の重石《おもし》として、王家の権威が必要なのだと、明確な意識あっての護持だったからだ。

——比肩できるほどの政治理念が、果たして三頭派にあるか。

金満家たちの単なる手先なのではないか。ブルジョワの利害を守るためと称するうちに、今度は王家の手先に成り果てるのではないか。いや、その双方を圧力として、とりあえず貧乏人どもの不平不満を抑えることが肝要なのだと唱えるうちに、虎《とら》の子の民主主義まで壊すことにはならないのか。

——またぞろシャン・ドゥ・マルスの虐殺のごとき非道に手を染めて……。

かあぁと頭に血が上るのが、自分でわかった。許せない。フイヤン・クラブだけは、ただじゃおかない。シャン・ドゥ・マルスの日曜日については、必ず復讐《ふくしゅう》を遂げてやる。ああ、奴《やつ》らを告発するためなら、どんな小さな材料も余さずに集めてやる。集められるなら、どんな汚い取材活動だって辞さない。

三頭派と王家の結託について、デムーランが突き止めることができたのは、フイヤン僧院の近くで張りこんでいたからだった。往来の人々にも怪しまれないよう、そのときは物乞《ものご》いに変装していた。取材活動というが、ほとんど密偵の真似事《まねごと》だった。

——手段を選んでいる場合じゃない。

そうまで思いつめたデムーランだったが、ごくごく最近の話をすれば、よくよくの無茶は控えるように心がけていた。危険がない話ではなかったからだ。現にテュイルリ宮まで尾行していったときは、増員なった警備の近衛兵《このえへい》に捕まって、すんでに殴られそうになっているのだ。

シャン・ドゥ・マルスの怒りも和らいだ部分が、ないではなくなっていた。ダントンがイギリスから帰ったからだ。潜伏していたマラも再び活動を始めている。デムーランに一息吐《つ》かせた止《とど》めの理由というのが、新しい議会で浮上しつつある議席の色分けだったのだ。

革新の左派は、穏健な議員でも憲法改正を唱える。ヴァレンヌ事件、シャン・ドゥ・マルスの虐殺と続いた今や、一部の過激派が唱える極論というより、主流を占めつつあるのが共和主義の主張で、その意味でもフイヤン派とは真正面から対立する。いや、現実の力関係を考えれば、とても対立できたものじゃないと思いきや、これが蓋《ふた》を開けてみれば、あながち悲観したものでもなかったのだ。

――ああ、ジャコバン派は健闘している。

ジャコバン・クラブは、やはり地方に強かった。各支部に応援され、当選を果たした議員は、パリに上れば自動的にジャコバン僧院に集まってくる。

商都ボルドーを擁するジロンド県など、ヴェルニョー、ガデ、ジャンソネ、デュコと、有望な議員を四人も送り出したほどだ。

加えるにコルドリエ・クラブからも、バズィール、シャボ、メルラン・ドゥ・ティオンヴィルと三人の議員が生まれていた。草の根の市民運動を実らせて、パリの議席をフイヤン・クラブに総取りさせなかったのだ。

議会においてはジャコバン派として、ジャコバン・クラブの議員たちと共闘する。それら全部を合わせれば、簡単には無視して捨てられない勢力になる。

――総勢、およそ百四十人。

なおフイヤン派には大きく水をあけられている。それは動かない事実なのだが、壊滅状態と悲観したひと頃からするならば、遥《はる》かに気分を明るくする数字だった。

12――新人議員

もちろん、数字は数字でしかない。フイヤン派にせよ、ジャコバン派にせよ、単独で議会の過半数は占められず、ともに平原派の支持を呼びこまなければならない。

その意味では量もさることながら、自派の議員には高い質も求めたいところだった。全員が新人であれば、さすがに酷な注文であるようだが、この人材が新生ジャコバン派の場合は、またまた悪いものではなかったのだ。

――例えば、車椅子《くるまいす》の闘士クートン。

ジョルジュ・オーギュスト・クートンは、かつてオーヴェルニュと呼ばれた中央高地、カンタル県選出の議員だった。法曹出身の三十五歳で、数年クレルモン市役所に職員として勤めたものが、こたびの選挙で転身することになった人物だ。

クートンは重い病気で下半身が不自由になっていた。が、車椅子のハンドルを手回ししながら、実に精力的に動き回る。これを出色の人材だと、デムーランは高く評価していた。いや、その勇敢ともいえる議員活動は、痛快と喝采《かっさい》するにせよ、苦々しいと唾棄《だき》するにせよ、誰もが評価せざるをえないものだった。

十月五日、初登壇のクートンは、いきなり「陛下《マジエステ》」であるとか、「殿下《シール》」であるとかの敬称を廃止するべきと提案した。立法議会では王が臨席するときも議員は着座のままでいられるべきだと、そうまで発言を進めて議場をどよめかせたのは、今さら王に対して挑発的な不敬を働こうという意味ではなかった。

それはフイヤン派に対する、まっこうからの挑戦状だった。憲法制定国民議会の末期に加えられた、王家に媚《こび》を売るような手心について、いくらなんでも常軌を逸しているのではないかと、クートンは開幕一番ではっきり異議を申し立てたのだ。

――ほとんど暴挙だ。

フイヤン派の報復さえ覚悟せざるをえない。それでもクートンは恐れなかった。十月七日の議会では、宣誓拒否僧にはなんらかの処罰を加えるべきではないかと質《ただ》して、聖職者民事基本法は適用が甘すぎると、これまた容赦ない攻撃だった。

厳格な施行を望まないのは国王ルイ十六世であり、その意を汲《く》んで、聖職者民事基本法そのものを憲法の一部から一般の法律に格下げしたのはフイヤン派だと、かかる構図も周知の通りであれば、再びの挑戦状を叩《たた》きつけたことになる。

車椅子の闘士は、その不自由な身体《からだ》ゆえに、かえって命の危険を恐れなかった。死を恐れなければならない身の上ではないというのが、クートンの口癖だった。ああ、フイヤン派よ、来るなら来い。シャン・ドゥ・マルスの虐殺めいた非道に再び手を染めたければ、このジョルジュ・オーギュスト・クートンを相手に染めるがよい。そうやって正面から挑みかかるかの態度には、皆が勇気を与えられたのだ。

フイヤン派には逆らえないと考えていた議員たち、無難に中道平原派に潜むことにした議員たちが、自《みずか》らの保身を恥ずかしく思うようになった。ジャコバン派として名乗りを上げる議員が続出して、ついには百四十人という数字を叩き出した経緯には、クートンの貢献も決して小さくなかった。

――これなら、いける。

もとよりシャン・ドゥ・マルスの虐殺このかた、一般大衆の支持はジャコバン派に流れている。議会は別だと胡坐《あぐら》をかかせず、このまま一気にフイヤン派を守勢に回らせ、奇蹟《きせき》の逆転に持ちこむこととて、決して不可能な話ではない。

それが証拠に、この十月二十日の議会でも、勢いがあるのはジャコバン派のほうだ。

――とはいえ、それも……。

演壇に立つのは、馬面といえるくらいに顔が長い男だった。ぼさぼさの短髪も冴《さ》えない風だが、その割に間《ま》が抜けた感じがないのは、くりくりと動く目の光に、ちょっと抗《あらが》えないくらいの力が感じられるからだろう。

「議員諸氏におかれましては、どうかピルニッツ宣言の屈辱を思い起こされたい。我ら国民が祖国の未来のために進めた革命を『フランス問題』などという言葉で片づけ、あまつさえ諸国一致で武力介入する用意があるなどと通達してよこすとは、これほど一方的な話があるものでしょうか」

神聖ローマ皇帝などと、全体なにさまのつもりだ。プロイセン王が一体どれだけ偉いというのだ。火が出るくらいの勢いで、熱く論じていたのはジャック・ピエール・ブリソ、多数のフイヤン・クラブへの離脱の後も会員としてジャコバン・クラブを支え続けた、あのブリソ・ドゥ・ワルヴィルだった。

パリ管区から立候補して、ブリソは議員になっていた。三十七歳という、人間が成熟に向かう年齢にも適当な感じがあり、また気鋭のジャーナリストとして、かねて世の注目を集めてきた人物であれば、あるいは順当な当選だったというべきかもしれない。

──この僕だって立候補していれば……。

同業者なのだからという思いが、デムーランにないといえば嘘《うそ》になる。かつて自身も議員を目指したことがあるだけ、あるいは今回ならばと捨てきれない未練も正直ないではない。

──いや、僕の本分は活字を通して、大衆を啓発していく営為にある。

今さら議員に鞍替《くらが》えするなど、僕のジャーナリスト魂が許さない。ぐらつくんじゃない、みっともないぞと、そこのところは自分に言い聞かせることができたが、なおデムーランには釈然としない感情が疼《うず》くのだ。デムーランが議員に立候補しなかったのは、新聞の発行を続けたほうが、より大きな政治力を振るえるとの読みがあったからでもある。

いうまでもなく、議員とて一朝一夕の道ではない。仮に当選は遂げられても、相場が無名の一議員として衆に埋没してしまうだけだ。皆が新人議員であり、立法議会は全員が横並びだとはいいながら、背後にクラブが控えるような図式もある。そう簡単には頭角を現せない。

――であるはずなのに、すでにブリソは大物の貫禄《かんろく》ではないか。

ブリソはジャコバン・クラブのなかに、ブリソ派ともいえる派閥をなすほどの勢いだった。ヴェルニョー、ガデ、ジャンソネ、デュコというようなジロンド県選出の有望議員を早くも糾合《きゅうごう》したことで、「ジロンド派」と呼ばれる向きもあるのだが、いずれにせよ、ブリソは指導者格である。

フイヤン・クラブに離脱されて、あとのジャコバン・クラブには確かに人材が不足していた。その間隙《かんげき》を縫う形で台頭しながら、もはやクラブ全体のなかでも、領袖《りょうしゅう》のひとりというくらいの地位は築きつつあったのである。

「…………」

なんだか悔しい、ずるをされたようだと責めれば、あるいは大人げない話になるのか。実際のところ、裏づけのない話ではなかった。デムーランは目を横にすべらせた。

一番にみえたのは、大仰《おおぎょう》なくらいの鷲鼻《わしばな》だった。それを突き出し加減に議場を眺め渡しているペティオンは、高所から獲物を物色する猛禽《もうきん》さながらの印象だった。

並びの傍聴席にいるというのは、いうまでもなく議員の席を失ったからである。が、三頭派がフイヤン・クラブでそうであるように、ペティオンも今なおジャコバン・クラブでは陰の実力者なのだ。

バイイ辞職に伴うパリ市長選挙に、自ら立候補するという話もある。

同じく立候補を表明しているのがラ・ファイエットで、「シャン・ドゥ・マルスの虐殺」で男を落とすや、さっさと国民衛兵隊司令官を辞任し、パリ市長に鞍替えしようというのだから、相変わらず呆《あき》れるばかりに節操がない。が、これを後援するのがフイヤン派であるかぎり、やはり本命といわなければならない。

その対抗馬として、ペティオンの苦戦は必定《ひつじょう》だった。もちろん、負けるにしても、ただ負けるわけにはいかない、奴らに一泡ふかせてやらないと気が済まないと、こちらのジャコバン・クラブも挙げて選挙運動に力を入れていた。

コルドリエ・クラブのほう、もっといえばダントンなども大張りきりで、パリなら任せろ、草の根の選挙運動なら俺《おれ》の右に出る者はないと、帰国一番に市民活動家の面目躍如という体《てい》である。

――ひょっとすると、パリ市長ペティオンの誕生か。

期待感も高揚してきた昨今のこと、その存在感は大きくなりこそすれ、僅《わず》かも萎《しぼ》むものではない。

傍聴席のペティオンは、ときおり目を近くに戻した。隣席に座らせて、ボソボソやりとりしていたのが、頬《ほお》の肉が削《そ》ぎ落とされたかに痩《や》せて、さらに額が秀でているため、そのままで頭蓋骨《ずがいこつ》の形を窺《うかが》わせるような初老の紳士だった。

名前をジャン・マリー・ロラン・ドゥ・ラ・プラティエールという。リヨンで工業監督官を務めていた男らしいが、いずれにせよ、ペティオンとは非常な懇意だ。

さらにスイスの銀行家クラヴィエール、著述家として名高いコンドルセというような面々を加えた一党が縁の下の力持ちとして、ブリソ派、もしくはジロンド派の議員活動を支えているようだった。

だから、ブリソの台頭は頷《うなず》ける。それにしても、これだけの態勢を、いつの間に整えたのか。

いずれ一個の政治勢力として突出するとは考えなかったものの、ペティオン、ブリソ、ロラン、クラヴィエールらが友誼《ゆうぎ》を深めていた向きは、デムーランとて知らないわけではなかった。共和主義者のコンドルセだけはラ・ファイエットに愛想を尽かした転向組

い。

だが、他の面々の連携についていえば、少なくとも一年以上の積み重ねがあるとみてよい。

——これだけの勢いを示すのは、むしろ当然か。

どこか釈然としない思いを、個人的な感情にすぎない、それも妬《ねた》みとか、嫉《そね》みとか、やっかみとか、そういう醜い感情にすぎないとして排除すれば、デムーランも前向きに評価することはできた。

つまるところ、憲法制定国民議会から立法議会へ、前議員から現議員へ、引き継ぎが最も成功したのが、ペティオンやブリソの一党だった。

顔ぶれも変わらなければ、所帯が小さいだけに政見にもブレがない。新しいクラブを立ち上げ、他派との連携に奔走し、さらに数に物をいわせたいとも欲張るようなフイヤン派より、あるいは齟齬《そご》が少ないのかもしれなかった。

——ああ、ブリソ派はうまくやったのだ。

再び個人的な感情を措《お》くならば、それが悪いという話でもなかった。ブリソやペティオンの一党も、ジャコバン派であることには変わりないからだ。

その活躍を通じて、フイヤン派の横暴を押しこめられるなら、ひいてはシャン・ドゥ・マルスの報復が遂げられるのなら、なんら否定するべきものではない。ああ、ペティオンの選挙運動に協力するダントンなども、そこは同じ考えだ。まさかフイヤン・クラブならぬブリソ・クラブなど立ち上げて再び……。

――考えすぎだ。

と、デムーランは自分を冷やかした。フイヤン・クラブの一件は確かに衝撃的だった。心に刻まれた傷も大きい。それがために、ついつい心配してしまうのだが、これもか、あれもか、またしてもかと、のべつまくなしに警戒しても仕方ない。ああ、フイヤン派みたいな破廉恥漢《はれんちかん》が立て続けに現れるんじゃ、さすがのフランスもたまらないよ。

13——主戦論

ブリソらがジャコバン・クラブから分離独立する展開は、ちょっと考えられなかった。第一にジャコバン・クラブの他の会員と、あるいはコルドリエ・クラブの会員とでさえ、険悪な関係になっているわけではなかった。

離脱直前の三頭派が示したような、冷ややかな余所余所《よそよそ》しさも皆無である。仲が悪いといえば、ブリソと最も馬が合わないのは自分なのかなと、そうデムーランに自嘲《じちょう》させるほど、普段は和気藹々《わきあいあい》としているのである。

第二に軋轢《あつれき》を余儀なくさせる、深刻な意見の対立があるではなかった。共和主義さえ標榜《ひょうぼう》するくらいなのだから、立憲王政を容認するにしても、ルイ十六世の退位の線は譲らない。少なくとも、今や国王べったりのフイヤン派には批判的なのだ。

納税額による選挙人資格基準にも反対している。能動市民《アクテイフ》、受動市民《パツシフ》の区別もその廃止を望んでいる。聖職者民事基本法についても、これを推進したい立場で、宣誓拒否僧も許容の範囲とはみていない。

挙げていくほど、ブリソやペティオンがジャコバン・クラブから分離独立する芽はなかった。

――いや……。

ブリソは演説を続けていた。ええ、そうなのです。フランスという国をフランス人がどうしようと、他国の与《あずか》り知るところではないはずです。にもかかわらず、王家は皆が親戚《しんせき》だからとかなんとか、いいがかりをつけたあげくに干渉しようというのです。

「それも武力を用いて屈伏させると脅《おど》してくる。いや、まったく腹が立つ」

身ぶり手ぶりを交えた熱籠《こも》る演説を聞きながら、デムーランは思い出した。その日のブリソの登壇は、立法議会の外交委員会を代表してのものだった。

ピルニッツ宣言についていえば、フランス人の大半が腹を立てていた。

プロイセン、イギリス、ロシア、わけてもオーストリアという国の名前などは、怒りに濁らない声で吐き出されることがないくらいで、オーストリア皇室出の王妃の評判なども、かつてないほど悪くなっている。

フイヤン派が大衆の間で人気を落とし続けているというのも、そのマリー・アントワネットにおべっかを使うとみなされたからなのだ。

「しかしながら、他面で私は哀れみも覚えます。オーストリアの皇帝ほどの愚かな輩《やから》も珍しい。プロイセン王というような馬鹿者にいたっては、ほとんどみたこともない。なんとなれば、偉大なる国民との間に友情を育《はぐく》もうとするよりも、卑しい盗賊どもと懇意でありたいと欲しているからです」

話に出た「偉大なる国民」とは、いうまでもなくフランス人民のことである。「卑しい盗賊ども」というのは、国外亡命を決めた貴族たちのことだ。フランスへの捲土重来《けんどちょうらい》を唱える徒党に味方して、戦争を始めようとしている君主たちが愚かで、それゆえに哀れで仕方がないと、そうブリソはいったのである。

「ええ、勝手にするがいいでしょう。しかし、そのとき諸外国の王侯は我らの報復を待つことになります。自由な人民の逆襲は、確かに右から左へと、すぐに運ぶものではありません。ええ、その鉄槌《てっつい》は悠長なものなのかもしれません。けれど、その威力といえば、凄《すさ》まじいの一語に尽きます。確実に敵を叩《たた》いて捨てる鉄槌になるでしょう」

「…………」

「現にピルニッツ宣言がごとき脅迫は、諸外国の王侯が我らを恐れていることの裏返しです。ええ、フランスの革命は恐れられている。なぜか。これが諸国にも飛び火しうる炎だからです。国民主権の実現は、ひとりフランス人だけの望みではないのです」

ブリソの言葉は間違いではなかった。人権宣言は、なにもフランスの宝というだけではない。万民が謳《うた》い上げるに足る、人類の至宝といってよい。

「フランスにおける気高《けだか》い革命の精神は、じわじわ外国にも浸透していき、ついには諸国民を立ち上がらせるに違いありません。いや、勝手に広まるのを待つよりも、むしろ自ら積極的に広めるべきかもしれません。それまたフランスの使命であると、覚悟を決めるべきかもしれないのです。オーストリアの帝室が憎いというなら、ベルギーを見殺しにはできません。トスカナに触れないわけにもいかない。オーストリアの命運はオーストリア国民自らに切り拓《ひら》かせるとして、ベルギーやトスカナなどは力ずくの征服に曝《さら》されてしまっているのです。王侯による人民の征服であるのみならず、それは外国による自国への侵略でもあるのです。ピルニッツ宣言に恫喝《どうかつ》されている我らであれば、はっきり断言してやれるはずなのです。その支配を除くことは、明らかに正義なのだと」

それはブリソと馬の合わないデムーランをして、なお共感させる話だった。

自分の新聞に『フランスとブラバンの革命』とつけたくらいであれば、もとより無関心ではいられない。ああ、革命は伝播《でんぱ》するべきだ。フランスだけが享受しているわけにはいかないのだ。この理想は世界の隅々にまで伝わっていくべきなのだ。

「だから、鉄槌を振るえというのです。こちらから、しかけろというのです。それはフランスのためでもあります。千年に及ぶ隷属の後に自由を獲得した人民は、戦争を必要としています。戦争は自由を固めるために必要なのです。自由を擁護し維持する自由な国民の美質を、フランスが欧州全土の眼前に披露するときが、いよいよやってきたのです。ええ、新たな十字軍のときです。それは普遍の自由のための十字軍です」

聞いているうちに、デムーランは胸が詰まってきた。あまりな感情の昂《たかぶ》り方に、すんでに涙さえ出そうになった。それでも、なのだ。

「さあ、皆さん、宣戦布告に踏み切ろうではありませんか」

外交委員ブリソが公《おおやけ》にしていたのは、あからさまな主戦論だった。その有体《ありてい》な言葉遣いが議場いっぱいに響いたとき、デムーランはハッとして我に返った。

宣戦布告するといって、全体どこの誰に戦争をしかけるというのか。オーストリアか、プロイセンか。あるいはイギリスか、ロシアか、サルディニアなのか。

繰り返しになるが、立ち上がりたいのは、どの国の人民も同じである。が、その全てを後押ししようと思えば、フランスは一国で欧州全土の王侯を敵に回すことになる。そんな箆棒《べらぼう》な話があるかと気がつくほどに、昂る心が一気に冷える。

――戦争など唐突にすぎる。

外国に挑発されれば、なにくそと闘志は確かに湧《わ》くだろう。民主主義を広めるのだと唱えられれば、理想に殉じようとする心が今度は感涙に濡《ぬ》れそぼる。しかし、だ。

戦争は絵空事ではない。戦争ほど有無をいわせぬ現実もない。戦争は金がかかる。物も要る。人も要る。あげくに沢山の人が死ぬ。

簡単に決められる話ではなかった。

いや、試練から逃げるということなら、それは卑しい話になるのかもしれない。理想を語る資格など、金輪際認められなくなるかもしれない。ああ、どれだけ戦争が大変でも、正義のためには避けて通るべきではない。そうまで思うデムーランでありながら、いったん我に返ったが最後で、やはりブリソの主戦論には同調できなくなったのだ。

――フイヤン派との戦いは……。

どうなったのだと、問わずにはいられなかった。必ずや報復するのではなかったのかと。それを一番に考えるのではなかったのかと。

「ふざけるな、ブリソ」

「フランスは再建途上だ。まだ戦争などできる状態ではないぞ」

「この国を破滅させるつもりか。自ら勧めて、諸国の食い物にさせようというのか」

「全体なにを企《たくら》んでいる。オーストリアを目の敵に、まさか帝室の出であられるマリー・アントワネット王妃に、いいがかりをつけようという腹なのか」

騒がしくなったのは、専《もっぱ》ら議場の右側だった。フイヤン派は戦争反対のようだった。なるほど、革命的な気運など、これ以上は結構だという党派であり、戦争で盛り上がられたあげくに、いっそう急進的な改革を求められるのではかなわないというのだろう。

やはり、気に食わない。とはいえ、ブリソもブリソで、話としては惹《ひ》かれる部分もありながら、なお唐突な印象を拭《ぬぐ》えないのだ。卑劣なフイヤン派の発言のほうが、まだしも常識的なのだ。

少なくとも常識的には聞こえるだろうと思われた。中道ブルジョワ議員たちは、フイヤン派を支持するだろう。議会で宣戦布告などは、決して可決されないだろう。ましてや執行権の長たる王が、それを批准するわけがない。ああ、戦争が始まるわけではない。

――今のところは、まだ……。

デムーランは大きく息を吐き出した。ありえない、ありえないと、何度も心に繰り返してみるのだが、そうした自分の言葉が容易に信じられなかった。

戦争になるのではないか、早晩避けられないのではないかと、むしろ強まっていくのは開戦の予感ばかりだった。なんとなれば、ブリソ派は勢いがあるのだ。その言葉だけ聞いているなら、フイヤン派より勢いがあるくらいなのだ。

――少なくとも大衆は熱狂する。

まさか、まさかと切迫した言葉ばかりが心に並べば、デムーランは是非にも確かめないではいられなかった。ああ、戦争だぞ。それで、いいのか、マクシム。

「………」

旧友の姿はなかった。ロベスピエールも九月末日で議員を失職していた。議席にいるわけはないのだが、さりとて、こちらの傍聴席に陣取るわけでもない。ジャコバン・クラブならば、発言が重く用いられるはずなのだが、そこにも姿を現さなくなっている。

──というか、もうマクシムはパリにいないのか。

出てしまったのかと呟《つぶや》いてから、デムーランは再びの深呼吸を試みた。戦争なんて、そう簡単に始まるわけがない。ブリソにしても、どこまで本気なのか知れたものではない。あるいは政争の具に使うつもりだけかもしれない。ああ、そうか。反戦論のフイヤン派を相手に、その神経を逆撫《さかな》でしてやろうというのか。ああ、やっぱり、あの一党もジャコバン・クラブの仲間なのだ。

──はは、ブリソ嫌いは、カミーユ、おまえの話じゃないか。

そうやって自分を冷やかすことで、デムーランは今をやりすごそうとした。やりすごすのに少なからぬ努力を要したからには、すでにして重苦しい不安ばかりは心に取りついたようだった。

14――帰郷

酒は好きなほうではない。痩《や》せの小男では酒毒を溜《た》めるところもないのか、ロベスピエールは強いわけでもなかった。

普段は好んで飲むこともない。が、その日は夕刻に及んで、自《みずか》ら酒場に歩を進めた。連れがあるわけでなく、ひとりで一席を占めたからには、ロベスピエールも麦酒《ビエール》を注文するしかなかった。

出されたものを上面《うわつら》だけ舌で舐《な》めても、やはり飲みたい代物ではなかった。

――ただ独特の苦みばかりは嫌いでない。

このあたりで酒といえば、パリでのように葡萄酒《ぶどうしゅ》と決まるわけではなかった。さすがは北国で、葡萄を栽培するには些《いささ》か寒すぎるというわけで、かわりに林檎酒《りんごしゅ》だとか、麦酒だとかが、当たり前のように出される。

――懐かしき故郷の味というわけだ。

ロベスピエールはアルトワに戻っていた。かつてのピカルディ州アルトワ管区、行政改革でパ・ドゥ・カレー県と名前を変えてしまったものの、このアラスを首邑《しゅゆう》とする土地が自分の生まれ故郷であることに変わりはなかった。

議席を失い、ロベスピエールが一番に考えたのが帰郷だった。全国三部会の議員に選ばれ、同僚たちと共同で手配した貸し馬車に乗りこんで、アラスからヴェルサイユに向かったのが一七八九年五月、もう二年半も前の話だったからだ。

――あれから、一度も帰っていなかった。

こんなにも長く留守にするなどと、出発するときには露ほども思わなかった。全国三部会はいつまでと、開催期間を明示したわけではなかったが、ロベスピエールは二カ月から三カ月、長くても半年ほどでアラスに帰れるだろうと、それくらいに考えていたのだ。

また弁護士をやるのだと疑わず、何件か仕事も受けたままにしてある。アラスのラポルトゥール通りに間借りしていた部屋だって、そのままなはずなのである。今も妹と弟が暮らしているのだから、土台が解約するという話にはならないが、自分が寝室にしていた一間などはそのまま、本当にそっくりそのままで捨て置かれているはずだった。

いつも残業を片づけていた卓上には、出てきたときと同じ場所に今も筆記用具が置かれ、書類は山と重ねられ、法律書は読みかけの頁で開かれ、インク壺《つぼ》の中身だけが蒸発しているかもしれない。

――やはり、帰りたい。

さりとて、ただ我が家が恋しいとか、あるいは家業が心配だとか、他の議員のような口上を述べようとは思わなかった。国政の場から離れたくてウズウズしているなどと、なんて情けない輩《やから》もいたものだと、むしろ突き放したい気分のほうが強い。これという理想も、信念も、政見もないことの証拠じゃないかと、見下す勢いさえないではない。

人それぞれに事情があると、分別も働かないではなかった。が、自分にはあてはまらないと思うのだ。ああ、経営者でもなければ、田舎《いなか》の会社が傾かないかというような心配はない。妻も子もいないからには、パリでの独り暮らしがこたえるわけでもない。

実際、ロベスピエールは二年半というもの、ひとつの不自由も感じなかった。また不満も、後悔もない。ああ、ヴェルサイユで、そしてパリで奮闘してきた仕事は、真実価値のあるものだった。帰郷など犠牲にして当然と思えるくらいの、まさに偉業だった。全てフランスの未来のためであれば、のんびり我が家に寛《くつろ》ぎたいなどと思いつく間もなかった。

その同じ使命感は今も胸に燃えていた。議員の職を解かれたからと、これきりで政治活動から退こうという頭もない。ただ懐かしいとか、残した仕事を処理したいとか、それだけならば、それどころの話でないと、今もパリに居続けたに違いないのだ。

曲げて故郷への道を踏み出したからには、ロベスピエールには全く別な理由があった。

――人々とともにありたい。

その思いが革命家をして、原点回帰を志向させていた。

議席を失えばこそ、ともに歩むべきは議会でなく、あくまで普通の人々なのだと、それを人民の代表だの、祖国の意志だのという言葉に絆《ほだ》され、履き違えてはならないのだと、ロベスピエールは明確に意識するようになったのだ。

権力の周辺に居続けることの弊害は、その最たる悪をフイヤン派にみる通りである。国王誘拐事件などでっちあげ、これに異を唱えられれば、シャン・ドゥ・マルスの虐殺を皮切りに徹底した弾圧で応じ、人々の非難にさらされてなお、ひたすら金持ち社会の実現に邁進《まいしん》するというのだから、もはや世論から完全に乖離《かいり》している。

――ああは、なりたくない。

今はそう思うが、あるいは他人事《ひとごと》でないのかもしれなかった。自分にも人々の声を聞かなくなる、いや、聞こえなくなる恐れはありそうだったのだ。

――それが証拠にデュプレイ氏に頬《ほお》を打たれた。

シャン・ドゥ・マルスの虐殺、さらに続いた弾圧に狼狽《ろうばい》しながら、ひとりよがりな正義に酩酊《めいてい》していたということだ。酔いが心地よいあまり、本当の価値を見失ってしまったのだ。

もちろん正義は正義として、理想は理想として、断固貫かなければならないと思う。人々の声に耳を傾けるといって、自堕落な横着だの、狡猾《こうかつ》な利己心だの、そんな醜悪な理屈を許容する気も皆無だ。けれど、その正義なり、その理想なりを間違えてはならないとも思うのだ。人民のなかにこそフランスの良心が息づいていると思うからには、それを万が一にも取り違えてはならないのだ。

——そのためには、人々とともにあることだ。

それが自らに課した、ロベスピエールの戒めだった。ただの空文にしないためには、その懐に飛びこんで、人々の実情をつぶさに把握しておくべきだとも考えた。

——だから、まずは故郷。

そうして帰郷を果たしたのが十月十四日、もう一週間から前になる。

今日までの日々を振り返っても、原点に戻るべきとした判断が間違いだったとは思われない。が、同時に頭を抱えたくなる事情にも直面させられていた。はああと長く息を吐き出しながら、こういうときは酒も悪くないかもしれないと、ロベスピエールはぐいと大きく杯をあおった。

——一番に田舎の悪いところが出るなんて。

ロベスピエール先生が帰ってくるぞと、故郷は大騒ぎになっていた。

あらかじめ予想できない話ではなかった。自分ではさほどの仕事もできなかったと思うのだが、かたわらで同郷の同僚たちとなると、なにひとつできない、というより、やらないままで終わっていた。パリで多少なりとも名前を上げた議員となると、アルトワ管区では、いや、ピカルディ州全体を見渡しても、ほとんど自分くらいのものだろうと、そうした自負はロベスピエールにもないではなかった。

――ある程度の歓迎も、あって然《しか》るべきかもしれない。

そう認めて、なおロベスピエールは気分が塞《ふさ》いだ。晴れがましい席は苦手だった。それ以前に大物の帰還だの、英雄の凱旋《がいせん》だのとチヤホヤされて、にやにや相好《そうごう》を崩しているほど、みっともないものもないと思う。

それでも一応は社会人である。依怙地《いこじ》に固辞するというのも大人げない。わかっているが、ただ大袈裟《おおげさ》なものは勘弁してほしい。ささやかな宴で親しい友人たちが迎えてくれるというなら、どうでも顔を出さないわけじゃない。ロベスピエールとしては、それくらいの気分で帰郷に臨んだのだ。

――それが、どうだ。

帰郷については事前に手紙で、妹のシャルロットに伝えていた。周囲に触れ回ることはしないようにと、釘《くぎ》を刺しておくことも忘れなかった。その通りに妹は沈黙を守ったが、かわりに弟のオーギュスタンが騒いだようなのだ。

ジャコバン・クラブのアラス支部に駆けこんで、興奮顔で報告してしまったからには大変だった。パリ本部の大物が帰ってくるとかなんとか、そのまま支部まで焚《た》きつけられた格好になった。

――あげくが、ほとんど見世物だった。

思い出せば、今も赤面してしまう。蘇《よみがえ》る感情は羞恥《しゅうち》というより、屈辱感に近い。

シャルロットとオーギュスタンの妹弟《きょうだい》は、四輪馬車を手配してアラスの手前、バポームまで迎えに来た。折り悪《あ》しくも出くわしたのが、パリから派遣されていた国民衛兵隊大隊だった。

当然パリの人間ばかりであれば、しばしば議会を沸かせた革命家の顔を知っていた。革新の理想を共有できるできないにかかわらず、ロベスピエールは勇気ある発言者として、なかなかの有名人だったのだ。

こんなところでお会いできるなんてと、国民衛兵隊は盛り上がった。昼食をご一緒にと招待されたばかりか、三十人の将校がアラスまで同道してくれることになった。

つまり賃雇いの四輪馬車が騎馬隊の同道に守られるという、滑稽《こっけい》なくらいに大仰《おおぎょう》な行進になった。これが住民総出の迎えに容《い》れられてしまったのだ。

アラスにも楽隊が出ていた。器量よしばかりを選んだのだろう。若い娘たち数人も市門の前に整列して、ロベスピエールが乗る馬車の車窓に柏《かしわ》の葉の冠、パリでも流行《はや》りの「市民の冠」を捧《さき》げてきた。その間にも群集は押し寄せ押し寄せ、さほどの道幅もない通りを満たすばかりであり、そうした熱狂の人々がラポルトゥール通りに借りっぱなしの下宿まで、ぞろぞろ付いてくることになったのだ。

「ロベスピエールばんざい《ヴィーヴ》、ロベスピエールばんざい」

「我らがアラスの町の誇り」

「人民の守護者に長命を」

歓喜の言葉が車外の縦横に溢《あふ》れている間にも、車内でロベスピエールは怒声を張り上げていた。ああ、シャルロット、おまえにはいっておいたはずだぞ。オーギュスタン、これはどういうつもりなんだ。

「ばんざいだと、長命をだと、それは王だの、領主だのに捧げる言葉だ。なにより、おべっかを使われたくて、今日まで頑張ってきたわけじゃない。議会では死ぬ思いで働いたというのに、故郷の人たちが、こんな風に啓蒙《けいもう》されないままだとしたら、全て無駄だったことになるじゃないか」

ロベスピエールは苛々《いらいら》を抑えることができなかった。

侮辱されたように感じたからだ。単なる見栄坊として扱われた気がしたのだ。なるほど私にも欲はある。が、それは名誉欲なんかじゃない。あくまで理想を実現したいという欲だ。誰に嫌がられ、誰に誤解されようとも、構わず自分の道を突き進んでやるという利己心だ。それを卑俗な野心と同じにみなされて、祭り騒ぎの種にされては……。

15――酒場

ロベスピエールは再び麦酒《ビエール》の杯をあおった。

妹と弟には、それでも悪いことをしたかなと、後悔がないではなかった。出世した兄を誇りたいとか、そうすることで世間を見返してやりたいとか、そんな思惑が働くより先に、あの二人は単純に嬉《うれ》しかったのだろうとも察するからだ。

なんといっても、二年半ぶりの再会だ。孤児として、兄弟ばかり残された家族なのだ。こんなにも長い時間を、離れ離れになっていたことはない。パリ遊学中の数年を別にすれば、全くといってよいほどない。それも留守にしたのは、頼りの長兄だというのだ。

ようやく再会できるとなれば、浮かれないわけがない。少しくらい羽目を外したからと、怒鳴られては間尺に合わない。

――けれど、私としては……。

信念は信念として、やはり貫かないではいられない。だからと、ロベスピエールは少し揺れた感じのある頭を、えいやと起こした。酒場の給仕を呼び止めると、麦酒のおかわりを注文した。もちろん飲みたくはない。けれど、ここは飲まなければならない。

故郷といって、それはアラスの町から少し離れた、ベテューヌに向かう街道筋の酒場だった。酒場というより、宿駅に付属している宿屋が、その下階で泊まり客に飲ませているというほうが正しい場所だ。

ロベスピエールも泊まり客のひとりだった。虚飾に満ちた大歓迎など不要と片づけて、なおジャコバン・クラブの地方支部には顔を出さないではいられなかった。講演を頼まれたなら、それこそ政治活動として精力的にこなさなければならないのだ。

帰郷早々の十六日に開かれたアラスの講演会を皮切りに、明日十月二十三日にはベテューヌ、明後日《あさって》二十四日にはリールと、まだまだ予定が詰まっている。

小さな町では講演会までは企画できなかったが、そうした支部も洩《も》らさず回るロベスピエールは、故郷にあっても変わらずに働きづめ、移動が続くという意味では、パリ生活以上に歩き通しだった。

この宿屋に一夜の寝台を求めたのも、そうした移動の途中だった。

もちろんジャコバン・クラブの地方支部は、こちらで馬車を用意する、次の町までお送りする、ご宿泊も手配させていただきたいと、それこそ王侯貴族を迎えるような張りきり方になるのだが、だからこそロベスピエールは、それは違う、それだけは違うからと固辞したのだ。

乗合馬車で移動した、その途中の宿屋であれば、それほど高級な施設ではない。酒場だから構わないと思うのか、そこでは蠟燭《ろうそく》までが節約されて、自分の手さえみえない暗がりになっていた。

といって、なにもみえないわけではない。いくらか欲張りなほど、きっちり詰めて並べられた卓のいくつかには、下りてきた泊まり客と思《おぼ》しき姿も他にいくつか認められた。

「はん、国民衛兵隊なんて、なんの役に立つのかね」

そう打《ぶ》ち上げた男も、やはり泊まり客のようだった。

──たまたま空いていた部屋に……。

その場で泊まりを決めたという感じだ。そうロベスピエールが読んだというのは、場違いなくらいに身なりが立派な紳士だったからである。白い鬘《かつら》にふられた粉が舞うほどに、こんな場末に何用かと、一見して訝《いぶか》しく思われたのである。

ところが、これが泥酔の体《てい》で目が据わっていた。その下卑た表情となると、かえって場末の酒場にこそ相応だった。

「はん、あの民兵ども、パリから来て、バポームに居座っているようだが、全体なんのつもりなんだね」

と、紳士は続けた。あながち自分に無関係な話でないだけに、ロベスピエールとしても聞き耳を立てずにはいられなかった。こういう話が聞けるからこそ、無名人として場末の宿に泊まらなければならないと、実を明かせば、それが狙《ねら》いだったりもする。

視察といえば、大袈裟《おおげさ》になる。また視察といえば、みられるほうは身構えて、かえって本当の姿をみせないだろう。だから、ただ人々とともにありたい。ともにあることで、議員としてパリにいる分には十全に知りえない実情を知りたい。思想信条、主義主張というような観念的な実情に留《とど》まらず、ありとあらゆる事情を最大限に知りたい。そうした釣果《ちょうか》を上げるに、場末の酒場こそは最高の漁場なのである。

「国境警備というつもりなんでしょうな、一応は」

話し相手を務めていたのは、前掛け姿の宿屋の主人だった。自分の禿頭《はげあたま》を撫《な》で回しながら続けたことには、ええ、例のヴァレンヌ事件のあおりで、ブイエ将軍が亡命してしまいましたからねと。

「このあたりからロレーヌのほうまで、国境の守りが手薄になった感は否めないってんで、議会も対策を考えてくれているってとこでしょう」

「ブイエ将軍が抜けたことは、確かに痛かろうね」

紳士も認めた。というか、もう正規の王軍は役に立たない。ああ、いよいよもって、役に立たない。頭数が揃《そろ》っていても、いないに等しい。

そうまで決めつけられてしまうと、宿屋の主人も怪訝《けげん》な顔にならざるをえなかった。

いないに等しいってえのは、旦那《だんな》、どういう意味なんですかい。

「正規軍はアラスやベテューヌ、リールにだって、きちんと駐留してますぜ。革命の前からずっといて、兵隊の数だって変わりませんや。要するにブイエ将軍に代わる司令官が来ればいいわけでしょう。フランスは天下に聞こえた武人の国ですから、ロシャンボー将軍、ケレルマン将軍、ビロン将軍、それに話の国民衛兵隊でいえばラ・ファイエット将軍と、まだまだ代わりはおられるんじゃないですかい」

「はん、ラ・ファイエットは国民衛兵隊を辞したぞ」

「そ、そいつは知りませんでしたが……。けれど、他の将軍閣下たちは……」

「それまた期待できる話じゃないと私は考えているんだが、まあ、いい。司令官はいるとしよう。しかし、だ。連隊長はいるかね」

「いるでしょう、そりゃあ」

勢いよく返されても、こちらの紳士は鼻から息を抜いて、馬鹿にするような笑みだった。宿屋の主人がそれ以上は返さないままでいたので、休まずに先を続けた。

「だったら、中隊長は」

「もちろん、いるに決まってまさ。ええ、みんな、いますよ。軍曹まで揃ってまさ」

「軍曹なら、ね」

「…………」

「軍曹なら平民でもなれるんだよ。私がいいたいのは、なあ、親爺《おやじ》、平民出の中隊長なんかいるかってことさ。ましてや平民出の連隊長なんかいるはずがないってことさ」

「そのへんになると、全部が貴族だってことですかい」

「いかにも」

「てえことは、ああ、わかりました。つまり旦那が読むところでは、いざ戦争になっても、貴族は働かないだろうって、そういう御説ですかい」

「ありえる。うん、ありえるね。うん、うん、開戦と同時に亡命することだって、大いにありえる話だろうね」

自信たっぷりに返されて、宿屋の主人は息すら苦しいような表情だった。

ピカルディは国境地帯である。それだけに、まさに洒落《しゃれ》にならない話だった。戦争など、まだ起きたわけではないが、今の時点で国境の向こう側には王族のコンデ大公が身構えていると専《もっぱ》らの噂《うわさ》だった。コブレンツに亡命貴族を糾合《きゅうごう》して、フランスに捲土重来《けんどちょうらい》しようと軍勢を整えているというのだ。

「それでも、兵隊はおりますぜ」

と、主人は返した。ええ、旦那も御存知でしょうが、軍曹までの兵隊は、大半が平民なわけですからね。亡命なんかしません。祖国のために戦いますさ。それこそ必死に戦って、フランスの革命を守ろうと努力しますさあ。

「隊長連中なんかいなくたって……」

「はははは」

そこで紳士は大きく笑った。おかしくて、ついつい笑ったというより、無理にも声を張り上げて、笑ってみせたという感じだった。いや、すまない。いや、そんなつもりじゃなかったんだ。それにしたって、親爺、隊長なんかいなくたって困らないかね。いなくたって、兵隊だけで戦えるかね。

「はは、ははは、なあ、親爺、軍隊には上意下達の指揮命令系統てものがあるんだ」

「なんですか、それ」

「つまりは指揮官がいなくちゃあ、軍隊なんか烏合《うごう》の衆にすぎないってことさ。できることはといえば、我先にと戦場から逃げ出すくらいのものになるのさ」

「んなこたあ、ありませんや」

戦います。フランス国民は逃げません。祖国のために戦います。顔を赤く、酒場が薄暗いので、ほとんど黒くみえるくらいに赤くしながら、宿屋の主人はむきになった。傍《はた》で聞きながら、その気持ちはロベスピエールにもよくわかった。が、他面では嫌みな紳士の言い分も、無視できたものではなかったのだ。

——貴族が指揮官というのは……。

確かに痛いな、と認めざるをえなかった。

第一に紳士が指揮したように、指揮官に抜けられては、たちまち指揮命令系統が麻痺《まひ》してしまう。麻痺すれば、組織として機能しなくなって、まさに烏合の衆に落ちる。かわりに平民を指揮官にあてようにも、いきなり抜擢《ばってき》されては、どれだけの用を足せるのかわからないのだ。

あるいは軍曹あたりなら、武器の扱い、行軍の仕方、土嚢《どのう》の積み方であれば、貴族よりよほど習熟しているのかもしれなかった。が、それも高度な戦略戦術の類《たぐい》となると、どこまで学習しているものか。

仮に摘《つま》み食い的な知識があったとしても、兵学校を出たわけでもないならば、系統的に理解しているわけではない。あるいは在学中の士官候補生を急遽《きゅうきょ》抜擢するという考え方もあるが、この場合も貴族子弟が大半であるし、そうでなくても実戦経験は決定的に乏しいことになる。

「悔しいが、まだ今は貴族の手を借りずして戦争はできない」

ロベスピエールは小さく呻《うめ》いた。しかし、貴族は信用ならない。頼みの綱は軍隊経験のある開明派貴族ということになるが、これもどこまで働いてくれるものやら。

16——国境

溜《た》め息しか出てこない。が、溜め息で終わらせるなら、人々とともにありたいという誓いを、自《みずか》ら裏切ることになる。あるいはピカルディの感覚をなくした、悪い意味でパリの人間になってしまったと、そういう言い方もできるかもしれない。

——国境は溜め息では済まないのだ。

それが証拠に宿屋の主人は、なおも頑張ろうとした。

「わかりました。ええ、旦那、わかりました。役に立たないとしましょう。正規軍なんか、もう役に立たないとしましょう。けどね、だから国民衛兵隊がいるんですよ」

「ようやく話が戻ったようだね」

紳士は変わらず余裕の表情だった。だから、最初に聞いたじゃないか。国民衛兵隊なんて、なんの役に立つのかねと。

「ですから、国境警備の役に立つんでさ」

「立つかね、本当に」

「立ちますよ。だって、あのパポームにいる大隊はパリから来たものなんですぜ。なかにはバスティーユを落とした闘士もいるんだって聞きましたぜ」

「バスティーユがなんだというんだい」

「でっかい要塞《ようさい》でしょう。そいつを落としたんだから……」

「落としたうちには入らんよ。バスティーユには三十人ばかしの廃兵がいたきりだったというしね。そんな要塞なんかないだろう、実際の戦場には」

「それでも……」

「大砲ひとつ使わなかったわけだしね」

紳士は強引に続けた。ああ、そんな手心を加えてくれる敵兵なんかいないだろう。それに勝利、勝利と大騒ぎするけれど、あれはバスティーユ側が文字通りの白旗を掲げたんだよ。ねばってたら、どうなったかわからない。別に集結していた五万の援軍が駆けつけていたら、はん、蜂起《ほうき》の民衆なんか相手じゃなかったさ。

「つまりは、そこだよ。国民衛兵隊なんて、土台が民兵隊じゃないか。商人の倅《せがれ》どもが金に飽かして手に入れた武器を、俄《にわ》かに担いだだけじゃないか」

貴族が抜けた正規軍と、どっちが役に立たないか。見物《みもの》があるとすれば、そこのところの駄目比べだけだろうさ。やりこめられて、宿屋の主人は今度も悔しげに唇を噛《か》むしかなかった。

「国民衛兵隊が強いとすれば、同じ平民を撃ち殺すときだけだろう。シャン・ドゥ・マルスの虐殺とやらをやらかしたときのようにね」

そうまで続けられたが、やはり言葉は出てこない。もごもご唇は動くのだが、そのたび嚙みなおし、なにか吐き出したい衝動を必死に抑えこむしかない。主人の悔しい気持ちはわかると、またしてもロベスピエールは思う。悔しい。悔しい。へこましてやりたいが、これという反論は浮かんでこないのだ。

――国民衛兵隊とて、戦争に使える代物ではない。

ロベスピエールが受けた印象としても、連中は致命的に呑気《のんき》だった。バポームに駐留していた大隊についていえば、あながち知らないわけではないのだ。

十月十四日の帰郷に際して、三十人の将校が同道してくれただけには留《とど》まらなかった。翌十五日には今度は大隊付属の楽隊がアラスを訪ねて、ラポルトゥール通りの自宅まで詰めかけた。住民を巻きこみながら、歌え、踊れの陽気な騒ぎに興じて、いうまでもなく、その間は一人として銃など担いでいなかった。

――国境警備という割に緊張感がなさすぎる。

いま戦争が起きてしまったら……。オーストリア軍に攻め込まれたら……。プロイセン軍にまで加勢されたら……。亡命貴族が報復に乗り出したら……。考えるほどに、ぶるると大きく震えが来た。

——開戦と同時に国境線が破られるは必定《ひつじょう》だ。あるいは部隊に留まったとしても罷業《ひぎょう》に徹し、指揮を執るべき貴族出の指揮官は亡命、あるいは部隊に留まったとしても罷業に徹し、最悪の場合は敵と内通するかもしれない。となれば、正規軍は崩壊する。戦況が悪化するや、逃げることしか考えなくなる。あるいは気骨の輩《やから》がいれば、貴族出の指揮官を血祭りに上げるかもしれないが、それまた現場を混乱させるばかりだ。

国民衛兵隊の登場となれば、これまた敵の進軍が報じられるたび、恐怖に浮き足だつだけだろう。なるほど、戦えるわけがない。誰より自分が戦えるとは思えない。ああ、いくら銃を渡されて、その操作を教えられても、いざ実際の戦闘に投げこまれたら、ただ抱きしめているので精一杯になるだろう。

おまえが臆病《おくびょう》だからだ、おまえが腕力に自信がない小男だからだ、つまるところは書斎派の法律家にすぎないからだと笑うかもしれないが、国民衛兵隊にいるのは皆そういう人間なのだ。書斎に籠《こも》りきりでないにしても、帳簿をつけ、工場を回り、あるいは自分の店の番をしたり、工房で職人芸をふるったりという、ただのブルジョワにすぎないのだ。

役に立つわけがない。よほどの訓練を施さないかぎり、戦力には数えられない。

——ならば、現状での戦争は、なんとしても避けなければならない。

万策を尽くして、諸外国の介入を回避しなければならない。ロベスピエールが胸奥に吐き出すと、あとに言葉を続けたのは嫌みな酔いどれ紳士だった。

「戦争になったら、フランスは負けるよ、いずれにせよね」

「…………」

「このあたりは開戦の翌日には戦場だろうね。いや、パリ陥落だって、一週間のうちだろう。議会なんて、即刻解散さ。議員なんて、全員が投獄さ。かわりに亡命を余儀なくされた貴族たちが、続々と帰国を果たして……」

「そのなかに旦那も紛れていると、つまりは、そういう話ですか」

とうとう口を開いて、宿屋の主人が返していた。怒りのあまり、言葉を発した後の唇が、わなわなと震えたが、これに答える向こうの紳士はといえば、特に悪びれる様子もなかった。

「かもね。ああ、たぶん私も紛れているだろう。そのときはバリッとした軍服を着こなしながらね」

「わかりました。わかりました。要するに旦那も貴族さまなんですな。んでもって、一昨日《おととい》くらいまでは前線基地のどこかに勤務なされていた、将校さまというわけであれますな。ええ、ええ、先刻には拝見しておりまさ。四輪馬車に山と荷物を積み上げられておりましたものな。そうですか、そうですか、これから国外に亡命しようと」

「ふふ、ふふふ」

「なにが、そんなにおかしいんですかい」

「悪いかね、私が亡命貴族だとしたら」

そう居直られて歯がゆかったとしても、それまた責められる話ではなかった。亡命の権利は万民に認められなければならないからだ。貴族であれ、平民であれ、今は全ての人間が平等な市民として、その人としての権利が認められているからだ。

――しかし……。

ロベスピエールは麦酒《ビエール》をあおった。忸怩《じくじ》たる思いがないといえば、やはり嘘《うそ》になる。ああ、こういう輩がフランスを駄目にする。自分のためには祖国の不幸すら喜ぶ輩を放任すれば、必ずや災禍となって返ってくる。それが証拠に亡命貴族は外国で徒党を組み、諸外国の軍隊を誘いながら、開戦の機会を窺《うかが》っている。図式まではっきりわかっているというのに、それを阻むことはできないのだ。

「ええ、なにも悪いことありませんや」

そう答えて、宿の主人は背中を向けた。ええ、ええ、珍しい話じゃありませんしね。ここらあたりじゃ、貴族さまの亡命なんて、それこそ毎日のことですからね。

「今だって、うちの宿屋に、それらしい御客《おきやく》が三組はいらっしゃいまさ」

「ほほお、三組だなんて、きっちり押さえて、親爺《おやじ》、当局にでも通報するつもりかね」

「ですから、うちとしては別に構わないんでさ」

御代さえ、きちんと払っていただけるなら。そうした言葉を聞きながら、ロベスピエールは立ち上がった。ふらりと頭のてっぺんに、また揺れるような感覚があった。いや、まったく、気分が悪い。国境地帯では日常茶飯事か。貴族の亡命など誰も咎《とが》めだてしないか。もしや私も三組のなかに数えられているのではあるまいな。

舌打ちで酒場を出ながら、それでも几帳面《きちょうめん》なロベスピエールは卓上に麦酒の代金と、それから若干の心づけを置くことだけは忘れなかった。

17——静けさ

紙のうえにペン先を走らせ続けて、もう小一時間もすぎたろうか。中指のペン胼胝《だこ》が熱をもち、微《かす》かな痛みとして疼《うず》いた。その拍子に手を止めて、ふとロベスピエールは気がついた。

——静かだ。

つまるところ、アラスは田舎町《いなかまち》である。夜の帳《とばり》が降りるや、もう界隈《かいわい》は音もないくらいの静寂に包まれる。誰も外を出歩かないのは道理で、この北国では十一月にして、綿入れの外套《がいとう》を着こんでなお凍える寒さになるのだ。

——それでこそ、我が故郷。

ようやく帰ってきた気がする。この静けさ、そして寒さが、ロベスピエールは嫌いではなかった。ぴんと空気が張り詰めているかに感じられるからだ。自分の神経までが研ぎ澄まされる気がするからだ。

書き物をするには悪くなかった。馴染《なじ》んだ場所にいながら、弛《たゆ》まず、寛《くつろ》がず、緊張感が保たれる。だから嫌いではなかったのだと、没頭する感覚を思い出しながら、ロベスピエールは二年半ぶりの自分の部屋、自分の書几《しょき》で、すっかり乾いたペン先を久方ぶりのインクに浸した。ところが、なのだ。

——やはり昔のままとはいかない。

それほど時間が費やされた感もないのに、もうペン胼胝の痛みが気になり始めた。そうして手を止めたが最後で、余所《よそ》に気が行ってしまった。

——静かだ。

繰り返せば、澄んでいたはずの心に、たちまち不快な濁りが混じる。はっきりいって、気分が悪い。なんとなれば、アラスは静かというより、静かになってしまったのだ。

——まさに豹変《ひょうへん》だ。

人々が市門まで詰めかけた、あの帰郷の日から一月《ひとつき》がすぎていた。

大袈裟《おおげさ》な騒ぎに苛立《いらだ》ちながら、ロベスピエールは妹や弟に八つ当たりしないでいられなかった。ジャコバン・クラブの支部から講演の依頼がある、ピカルディの各所を回らなければならないと断りながら、度々アラスを留守にもした。講演依頼も、支部や提携クラブへの訪問も嘘《うそ》ではなかったが、これ幸いと逃げ出す気分があったことも事実だ。が、そうした全ても一月がすぎてみれば、我ながらの苦笑で思い出すしかなくなったのだ。

――はん、逃げ出すまでもなかった。

アラスの大歓迎は最初の一日、二日だけだった。日がたつほどに、だんだんと冷たくなって、一週間もすぎた頃には満面の笑みで握手を求めてくるどころか、こちらには目もくれないようになった。

いや、それが弁《わきま》えた節度であるなら、ロベスピエールには理想といえた。単なる無関心であったとしても、それはそれで仕方ないと思う。が、そうした域を超えて、アラスの人々はといえば、出くわせば目を伏せ、あるいは擦《す》れ違いざまに舌打ちの音を聞かせ、さらには聞こえよがしの悪態を呟《つぶや》きと、かえって敵意のほうを目につかせるようになったのだ。

――妬《ねた》み、嫉《そね》みというものはある。

それはロベスピエールも了解しないではなかった。

もちろん、こちらに威張りちらしたつもりはない。が、他面で愛想を振りまいた覚えもなかった。それを、偉そうだ、高圧的だ、ひとを見下していると、やっかむ連中ならば悪意に解したに違いないのだ。

故郷というなら、旧知の感覚が反感を高じさせた面もあろう。ほんの二年半前までは、俺《おれ》たちと変わらなかったじゃないかと思うわけだ。貧乏育ちの孤児のくせに大きな顔をするなと、そうまで昔を穿《ほじく》り出す輩《やから》もいたかもしれないのだ。

――が、それは、それだ。

いちいち気にしていては身が持たないと、ロベスピエールは無視を決めた。それでも平静でいられない話があったのだ。

――友と信じた人々までが余所余所しくなった。

二年半前までの生活で親しくしていた人々、法曹界の同業者であるとか、サロンに集まり、ルソーを読み合った同好の士であるとか、そうした人々が他人行儀な態度を貫くことで、はっきり敵意を示したのだ。

――なるほど、土地のエリートか。

かつては自分もそれを気取っていたのだと自覚すれば、言葉にするのも癪《しゃく》な話でありながら、確かにアラスで友人たちといえば、弁護士であり、検事であり、判事であり、また役人であり、徴税請負人であり、でなくとも裕福な商店主だったり、手広くやっている事業家だったり、つまりは土地のエリート層だった。

――ということは、ジャコバン・クラブの系列でなく……。

フイヤン・クラブのほうに連なる。パリで起きた分裂の余波は、地方支部にも及んでいた。ひとつの「憲法友の会」だったものが、アラスでもジャコバン・クラブの支部とフイヤン・クラブの支部に分裂してしまったのだ。

そのこと自体はパリにいた段階で、すでに聞いていた。が、アラスに来て、いざ実情に触れるに際しては、さすがのロベスピエールも肝を冷やした。

ジャコバン・クラブは地方に強いなどと、無邪気に楽観できたものではなかった。確かにジャコバン・クラブの支部のほうが勢いがあるというか、張り上げる声ばかりは大きく響いて、耳に聞こえてくるのだが、他方で静かなるフイヤン・クラブはといえば、会員に土地のエリート層を揃《そろ》えることで、実質的にアラスの政官財を掌握していたのだ。

——これが愛国的な人民大衆と敵対している。

いうなれば、パリと全く同じ図式である。フランスという国は結局、こうなのだ。

もちろん、故郷に足を運んで正解だったと、その思いは変わらなかった。恐らくパリにいては実感できなかったであろう地方の切実な図式は、他にも数々看取することができたからだ。

——国境地帯だけに戦争の意識が高い。

パリで考える以上に高い。こうまでとは、ロベスピエールも考えていなかった。雰囲気だけでいうならば、ときに臨戦態勢の印象さえ受ける。なるほど、ほんの数リュー（一リューは約四キロメートル）先の国境の向こう側では、フランスから亡命した貴族たちが報復のための軍勢を着々と仕立てている。その背後にはオーストリア皇帝の影が覗《のぞ》いて、いや、プロイセン王と結託しながら、ピルニッツ宣言など出したからには、すでに公然たる敵意を燃やしているとみなければならない。

いよいよ上等ではないか。それなら我らフランスの健児たちは、いつでも受けて立ってやる。そんな風に声を大きく荒らげながら、煮え切らない態度で戦々恐々としているよりはと、今やアラスの人々は戦意に逸《はや》る体《てい》なのだ。

それを留《とど》めているのが、アラスの実権を握るフイヤン・クラブの面々だった。戦争はしない。それはパリ本部以下、フイヤン・クラブの一貫した姿勢だった。

憲法を成立させたからには、これ以上の革命は必要ない。下手《へた》に戦争などして、再び改革の気運を高めさせるわけにはいかない。なかんずく、貧民大衆を勢いづかせてはならない。そういう論法であるがゆえに、従前ロベスピエールは苦々しく思ってきた。ところが、地方の現実を目《ま》の当たりにして、反戦という結論だけには同調しないでいられなくなった。ああ、こんな状態で戦争などできない。

――軍隊は使い物にならない。

それも国境地帯の現実だった。第一に正規軍が使えない。第二に国民衛兵隊にも期待できない。ロベスピエールにいわせるならば、貧民大衆に武器を与えたほうが、どれだけ戦力になるか知れないくらいだった。

――少なくとも、士気は高い。

祖国フランスを死守しなければならない。革命が否定されれば生きている甲斐《かい》もない。

この人類の偉大な進歩をさらに前進させることはあれ、断じて後退などさせられない。そうやって、覇気からして歴然と違う。

——それをフイヤン派が認めない。

国民衛兵隊には能動《アクティフ》市民の入隊しか認めたくないからだ。受動《パッシフ》市民という名の貧者に銃など渡しては、またぞろ武装蜂起《ほうき》されるだけだと考えているからだ。

——それなら、いっそ戦争を進めるべきか。

ロベスピエールの考えは揺れた。ああ、もしや千載一遇の好機かもしれない。国家の防衛力を担うに貧富の別は関係ないことを証明する、またとない機会として積極的に進めるべきかもしれない。あげくに能動市民、受動市民の区別撤廃に運ぶのだ。

——いや、いや……。

ロベスピエールは再び否《ノン》と呻《うめ》いた。ただの人が一朝一夕に兵士となり、また指揮官となり、将軍となりながら、まともな軍隊を形作れるわけがない。

18——パリへの手紙

戦争を政争の具とすることなら、あるいは可能なのかもしれなかった。ああ、フイヤン派の追い落としを図るための手段として、主戦論を叫ぶことは有効なのかもしれない。が、それにしても本当の戦争はできない。パリの内側で政争を挑むことがあったにせよ、フランスが外に向けて戦争することはできない。

——もうひとつ、敵は内にこそいるからだ。

好んで外に敵を作る以前に、まずは獅子身中《しししんちゅう》の虫を退治しなければならない。そう自分の考えを確かめてから、ロベスピエールは書きかけの手紙に戻った。

「パリでは大衆の精神と聖職者の力というものをよくわかっていなかったと、私は今にして痛感することになっています」

そうした言葉で結べばこそ、手紙の前段で報告した顚末《てんまつ》が、あらためて苦々しく感じられた。ロベスピエールが問題にしていたのは、アラス市内カルヴァリィ教会で執り行われた聖餐式《せいさんしき》の一件だった。

　たまたま参列していて、驚いた。まずもって執式していたのが、聖職者民事基本法に宣誓を捧《ささ》げていない聖職者、いうところの宣誓拒否僧だった。かかる神父が堂々と祭壇の前に歩み出て、悪びれるところもなかったのだ。

　アラスでは聖職者の大半が、今なお宣誓拒否僧で占められていた。国家の法律に反する大罪も、皆で犯せば無罪放免になるとの理屈でもなかろうが、それを当たり前の話として、信徒のほうにも特段に疑問に思う様子がなかった。

「というのも、そのままの神父で何が悪い」

　それが巷《ちまた》の声だった。ほんの一年前までは、同じ人物に聖餐式を挙げてもらい、また秘蹟《ひせき》を授けてもらって、ひとつの文句もなかった。それが今になって許されないというならば、去年に結婚した男女はどうなる。契りは無効であるとして、すぐさま別れなければならないのか。そうまでいわなくとも、バチあたりな聖職者だったから、別な神父で結婚式を挙げなおせというのか。

「てなこといわれたって、花嫁はそうそう何度も処女の道を歩けるもんじゃねえぜ」

　そんな風に笑い話にもっていって、深刻に考えるということさえしないのだ。

　――だけではない。

　永《なが》の夫婦というのが、いっそう質《たち》の悪いものだった。思い出しただけで、今も溜《た》め息を禁じえない。ロベスピエールの気が滅入《めい》るというのは、カルヴァリィ教会の聖餐式では「奇蹟」まで起きていたからだった。

参列の信徒に、足が不自由で、いつも松葉杖《まつばづえ》を手放せない男がいた。これに宣誓拒否僧は聖油を振りかけた。とたん男は松葉杖を放り出して、すっくと立ち上がった。そのまま教会の側廊を歩き出し、あげくが歓喜の笑い声まで響かせながら、堂内を走り回った。この男が妻を同伴させていたのだ。その女が「奇蹟だわ」と叫んで、その場で気絶してしまったのだ。

ロベスピエールの隣席を占めた男は、小声で囁《ささや》いたものだった。毎日一緒に暮らしてる女房が驚くってんだから、あらかじめ仕込まれた三文芝居なんかじゃないね。いやあ、こいつは本物の奇蹟だろうね。

「ううむ、やっぱり宣誓拒否僧は違うね。徳が高いんだね。本物の聖職者は、やっぱりこっちのほうだってことさ」

なんたることか、それがアラスでは世人一般の捉《とら》え方になっているようだった。

宣誓拒否僧こそ本物だ。裏を返せば、聖職者民事基本法に宣誓した聖職者は、偽物と考えられている。もっともらしい理屈もある。

皆が口を揃《そろ》えることには、立憲派の聖職者は国家の俸給欲しさに、あっさり神を捨てている。かわりに憲法を取ったわけだが、憲法に御利益があるならば、はじめから神などいらない。この世には人間の力ではどうしようもない不幸が満ちているからこそ、人知を超えた存在に縋《すが》りたいのだ。そういう力を振るえない神父は、どれだけ人権に詳しく、また民主主義の正義に燃えているにせよ、すでにして聖職者には値しないのだ。

――馬鹿な……。

そうも呻《うめ》いて絶句しながら、ロベスピエールとて話が神秘の領域に終始するなら、強いて取り上げたりはしなかったかもしれない。看過できない問題は、高徳であるとされ、人々の尊敬を集めている宣誓拒否僧たちが、裏側では反革命の煽動家《せんどうか》という顔も有することだった。

聖職者の待遇をアンシャン・レジームの頃に戻したいのが本音だろうが、そのために連中は憲法の否定、王権の再強化、専制主義の復活のような話まで、熱心に説いてしまうのだ。

「カエサルのものはカエサルに返しなさい」

聖書の一節を取り出しながら、カエサルのもの、つまりは世俗の国家に関わる立憲派の僧侶《そうりょ》は不潔きわまりないなどと、まことしやかな理屈を拵《こしら》える。それと同時にカエサル、つまりはフランス王の暗喩《あんゆ》を信徒に印象づける。

カエサルのものはカエサルに返せとは、政治はフランス王のものなのだから、フランス王に返さなければならないのだという意にもなり、いきつくところが議会政治と国民主権の否定になる。

「この聖なる土地に留《とど》まる資格が、どうやら私にはないようです」

ロベスピエールは手紙を続けた。人間としての権利を否定されては、怒らずにはいられないからです。右の頬《ほお》を打たれれば左の頬を出せ式の論法で、政治参加の道まで放棄させられるのでは、私のような不出来な短気者は、いよいよ神さえ呪《のろ》ってしまう予感がします。

「ですから、そうなってしまう前に、近くパリに戻りたいと思います」

それはパリへの手紙だった。さらに詳しい宛名《あてな》をいえば、サン・トノレ街に居を構える指物師《さしものし》、モーリス・デュプレイということになる。

今やデュプレイ家との関係は、シャン・ドゥ・マルスの虐殺に続いた弾圧で、しばらく匿《かくま》われたと、それだけのものではなくなっていた。

きっかけは庭で鳴いていた子犬に、「ブラウン」と名前をつけたことだった。もちろん世話は息子のジャック・モーリスにさせるとして、飼い犬がいるというのに主人の住まいが別では奇妙だ。どうせ空き部屋だったのだから、これを機会にうちに下宿してはどうか。そんな感じで、先方にサントンジュ街からの転居を勧められることになったのだ。

「ええ、下宿代なら安くしときますよ。ええ、ええ、そうしなせえ、ロベスピエールさん。押し売りする気はありませんが、ここならジャコバン・クラブも近いですし、決して悪い話じゃないと思いますがね」

モーリス・デュプレイの物言いは道理だった。ジャコバン・クラブが近いなら、議会が置かれるテュイルリ宮調馬場付属大広間《マネージュ》にも近い。説かれたロベスピエールは、立法議会の議員として上京してきた有望株で、ジャコバン・クラブの新顔でもあるジョルジュ・オーギュスト・クートンのほうを紹介して、早速《さっそく》下宿に決めてやっていた。

「しかし、車椅子《くるまいす》で上階に上がるというのも難儀な話ですから、クートンさんの場合は下階の部屋のほうがよろしいですわね」

いいながら、新造のフランソワーズ・エレオノール・デュプレイは物置にしていた部屋のほうを、さっさと片づけてしまった。ですから、ロベスピエールさん、まだ上階の部屋は空いてます。

「ええ、ええ、ロベスピエールさんなら、わたしたち家族も大歓迎です」

まとめたのは、デュプレイ家の長女エレオノールだった。

ロベスピエールは薄目になって、その視線を虚空に漂わせた。

あのとき向けられた笑顔と一緒に、あの肉感的な唇を、とたん鼻孔いっぱいに流れこむ甘い香を、いくらか饐《す》えたような汗の臭《にお》いまでを思い出せば、今も下腹にじんと疼《うず》くような感触がある。いやや、いけない。そういう話ではない。マクシミリヤン、自分で自分を貶《おとし》めるような妄想は慎まないか。

——だいいち、おまえは好きなのか、エレオノールのことを。

ロベスピエールは目を見開いた。違うだろう。少なくとも、自分の気持ちに確信があるわけじゃない。なのに、こんな風に息を荒らげてしまうなんて、女であれば誰でもいいというようなものじゃないか。

仮に好きなのだとしても、まだエレオノールの気持ちを確かめたわけではない。

「…………」

ロベスピエールはデュプレイ家への返事を保留にしていた。

ジャコバン・クラブに近い。議会も目と鼻の先だ。なにより政治活動に理解がある大家だ。献身的とさえいえる態度で、一家を挙げて協力を惜しまない。すでに同志クートンが下宿を決めて、なにか問題があるどころか、まさに理想と断言できるくらいの話だ。

返事を躊躇《ためら》う理由などないようでありながら、だからこそ、よいのだろうか、このまま甘え続けてよいのだろうかと、逆に迷いに捕われるという理屈もある。

——が、もう迷わない。

故郷の自分の部屋に籠《こも》って書き連ねた、それがパリへの手紙の肝だった。デュプレイ家に宛《あ》てて、パリに戻る、向後《こうご》の活動の拠点はパリに置く、ついては是非にも御宅《おたく》に下宿させてほしいと、ロベスピエールははっきり答えを伝えたのだ。

――もはや他に選択肢はない。

ロベスピエールは苦笑で紛らすしかなかった。いや、その息苦しさは苦笑で紛らすには少し重い。

19――故郷の人々

アナイス・デゾルティーという女性がいた。

鼻の頭に少しばかり雀斑《そばかす》があり、また金髪というには栗色《くりいろ》が強かったが、それでも数年前までのアラスでは、独り身の男たちに噂《うわさ》されない日はないくらいの美人だった。

ロベスピエールに両親はいないけれど、親戚《しんせき》なら多少はいた。叔母《おば》のひとりが後妻に入ったところの、亭主の連れ子だったのがアナイスで、それは革命が始まる前に密《ひそ》かに想いを寄せた相手でもあった。

――いや、それとなくは伝えて……。

アナイスだって気づいていたはずだ。が、それだからと、責められる話ではなかった。

久方ぶりにアラスに帰ってみると、アナイス・デゾルティーは結婚していた。

しかも相手の男は弁護士だった。かつての同業者は、ロベスピエール自身の友人でもあったのだが、今は土地のエリートとして、地元のフイヤン・クラブを指導していた。つまりは、ジャコバン・クラブ本部の大物などという触れ込みでパリから帰ってきた男がいれば、それに冷ややかな目をくれる敵のひとりだ。

――まあ、仕方ない。

なにか約束があったわけでもないのだから、アナイスは仕方がない。二年半も放っておいたのだから、無理もない。その間も忘れていたわけではないにせよ、手紙ひとつ書かなかったのだから、こちらが忘れられたとしても当然だ。

ロベスピエールは顔を上げた。天井を仰ぎながら、自分に続けた。なんだ、なんだ、マクシミリヤン。そんな落ちこむような話じゃないだろう。ああ、なんてことはない。ちょっといいなと思っていただけの女だ。

大して入れこんでいたわけじゃない。少なくとも己《おの》が使命を後回しにできるほどの想いじゃない。ああ、今は革命の最中なのだ。個人の幸福など追い求めるときではない。なにより、そんなことのために、わざわざアラスに足を運んだわけじゃない。

――人々とともにありたい。

そう念じて、一番に帰郷を考えたことは正しかったと今も思う。

また収穫も少なくなかった。戦争が強く意識されていること。にもかかわらず、正規軍も、国民衛兵隊も、軍隊は役に立ちそうにないこと。嘲笑《あざわら》うように貴族は亡命を続けていること。さらに危ういことに、宣誓拒否僧は反革命を説いて回っていること。この輩《やから》が人心を掌握し続けるかぎり、もはや内乱の危機は現実のものであること。

全てパリにいては、わからなかった。仮に頭では理解できても、実感としてはわからなかったに違いない。それを切実に感じられたこと、そのこと自体は大きな収穫だったと認めざるをえないのだが、他面で当初の目論見《もくろみ》からは外れた印象も否めなかった。

——人々とともにありたい。

それはフランスに逞《たくま》しく息づいているはずの正義を、民衆の揺るぎない良心を、ひいては向後《こうご》自分が進むべき道を、過《あやま》たずに見出《みいだ》したいという思いに他ならなかった。ロベスピエールが原点回帰を思いついたのも、それゆえだ。が、そうして訪れた故郷では、失望を余儀なくさせられる嫌な経験ばかりだったのだ。

人々はパリで名をなした議員だからというだけで喜び、騒ぎ、あるいは無闇《むやみ》に畏《おそ》れ、不当なまでに警戒する。

その一方で事情を知るエリートたちは、なべてフイヤン・クラブに連なり、はじめから冷ややかな目で敵視する。

頼みのジャコバン・クラブの支部も存在感がないではないが、こちらに連なる庶民大衆はといえば、亡命貴族などやっつける、外国が干渉するなら迎え撃つと、無邪気なばかりの戦意に逸《はや》り、それでいながら宣誓拒否僧を敬い続けることで、その反革命的な言説にも惑わされている。

対外戦争を望みながら、同時に自《みずか》ら内乱の危機も招いているというのだから、まさに支離滅裂である。

――つまるところ、意識が低い。

ロベスピエールは断じざるをえなかった。決定的に低い。まるで革命をわかっていない。革命を理解できるだけの啓蒙《けいもう》すらされていない。

そのことを声高に責めようとは思わなかった。腹立たしい話だが、仕方がない。大衆の啓蒙が進まない現実にこそ、フランス社会の歪《ひず》みが表れているのだともいえる。それを正すほうが先決で、人々に罪はないとは思うのだが、こうまで考えている中身が違うと、まともに話も噛《か》み合わないのだ。

――がっかりだ。

そう小さく呻《うめ》いたが最後で、ロベスピエールは腹の奥で疼《うず》いていた苛々《いらいら》を、いよいよ抑えられなくなった。ああ、もう我慢も限界だ。自分の故郷、自分の部屋、自分の机だというのに、なんと居心地が悪いことか。

落ち着かない。考えに集中できない。ただ、この場所に居るという事実さえ不快で不快で仕方なく、ほとんど汚らわしいとまで感じてしまう。

――いや、アラスが悪いわけではない。

責めれば、自分が理不尽になることも、ロベスピエールは承知していた。ああ、アラスだけではない。ピカルディだけではない。程度の差はあれ、田舎《いなか》はこうなのだ。パリとは歴然として違うのだ。

アラスに帰郷したといえば、これが初めての話ではなかった。パリ遊学が認められ、ルイ・ル・グラン学院に就学していた期間は、それこそ二年半どころではなかった。が、そのときの帰省では、これほどの嫌悪感は覚えなかった。

やはり田舎だ、パリとは違うとは思いながら、そのことに安心する部分のほうが大きかった。それが証拠に卒業が決まり、弁護士の資格が取れるや帰ってきた。デムーランのようにパリに留《とど》まるでなく、大都会で肩を怒らせているよりも、ずっと楽に暮らせるからと、アラスに開業、つまりは故郷で生きていく人生を選択した。やはり物足りなさは感じながら、それだからといって再度の上京を志すではなかった。

――それが今度は、まるで違う。

物足りないという印象は逆になかった。強《し》いていえば、まだるっこい。アラスは万事に生ぬるく、ピカルディはだらしない空気に蔽《おお》われている。故郷の全てがロベスピエールには、不真面目《ふまじめ》に弛《たる》んでいるように感じられたのだ。

それが不快で、辛抱ならないほどであれば、どうでも吐き出さずにはいられなかった。

――パリに戻りたい。

構えて、肩を怒らせるどころではない。今やパリは、文字通りの戦《いくさ》にでも臨む気分でないならば、ただの一歩も足を踏みいれられない、革命の修羅場である。

指で触れればスパッと切れてしまいそうな、その緊張感のほどが、田舎に来てよくわかった。が、だからと、ホッと安堵《あんど》の息を吐《つ》くのでなく、ロベスピエールは願わずにはいられなかったのだ。

——あの張り詰めた空気のなかに戻りたい。

シャン・ドゥ・マルスの虐殺や、それに続いた弾圧で余儀なくされた命の危険さえ、ぬるま湯に浸《つ》かるような今の苛立ちに比べるなら好ましく思われる。

なんとなれば、皆が真剣に生きている。クートン、ペティオン、ブリソ、ダントン、マラ、デムーラン、いや、政治家ならぬモーリス・デュプレイや、細君のフランソワーズ・エレオノール、うら若い乙女《おとめ》にすぎない娘のエレオノールまでが、もう頭から離れないといわんばかりに、常に革命のことを考えているのだ。

いいかえれば、ただ惰性に身を任せるのではなくて、常に新たな地平を拓《ひら》こうと努力している。皆が皆で己が理想を実現するためならばと、闘争の世界にさえ自ら身を投じながら、不断に力のかぎりを尽くして生きている。

——引き比べるほど、我が故郷は……。

駄目だ、とロベスピエールは観念せざるをえなかった。ああ、無理だ。革命の都を知ってしまったあとでは、もうアラスに帰ることなど考えられない。

実をいえば、こたびの帰郷は向後の活動の基盤を見極めるためのものでもあった。人々とともにありたい。そう念じて政治活動を続けるなら、必ずしもパリである必要はなかった。地元から出直すのが、むしろ本筋であるような気もした。議員を失職したとはいえ、次の選挙の機会には再び議員を目指すというなら、その下地固めという現実的な意味でも、地元選挙区で活動しなければならなかった。

――けれど、それは無理だ。

田舎で革命を推し進めることなど、とても無理だ。地道な努力を百年積み重ねてみたところで、アラスでは最低限の意識改革さえ遂げられない。革命の都パリとは、やはり歴然として違う。どちらが上、どちらが下ではないながら、先進地、後進地の別は動かしがたい事実なのだ。

ロベスピエールは決めつけざるをえなかった。今後の革命の進め方として、パリが全土を教導していくしかない。自ら革命を体現することで、各県、各市の模範とならなければならない。

――その一助となるために、やはり私も……。

心は決まった。パリに行く。そして、もう二度と故郷には戻らない。ああ、こんな苛々する場所には、もう居る必要がない。この部屋だって引き払おう。もとより一族郎党があるでもない。身軽な孤児にすぎない。妹と弟だけパリに引き取る算段を立てられれば、アラスに部屋を借り続ける理由もない。

20――若者

――簡単な話じゃないか。

決まってみれば、なんのための帰郷だったのだろうと、我ながらの滑稽《こっけい》さに苦笑を禁じえなかった。ろくな家財もない。全て古道具屋に売り払っても、それまでだ。心を決められさえすれば、手紙ひとつで片づけられる。それを、わざわざパリから足を運んで、しかも一月《ひとつき》からの逗留《とうりゅう》を費やして……。

もちろんピカルディに来てみなければ、やはりパリだと心を決めることもできず、迷いを払拭《ふっしょく》できないままだったろうから、逆説的な意味では大いに意義ある帰郷だったといえる。

――それにしても、本当になんのために……。

狼狽《ろうばい》したのだろうか、ともロベスピエールは自分の心理を省みた。つまりは帰郷したいというよりも、一度パリを離れてみたいということだったのか。モーリス・デュプレイの家に下宿を決めるためには、あそこに暮らして、なお革命家たりえるという、揺るがぬ確信が必要だったのか。

——あんな若い娘と、ひとつ屋根の下に暮らして……。

また下腹が、じんと疼《うず》いた。が、もう迷うことなどないのだ。ああ、不潔と咎《とが》められるなら、今度こそ求婚すればいいだけの話じゃないか。好きだとか、嫌いだとか、相手の気持ちがどうだとかじゃなく、男子として責任さえ取れば、全て許される話じゃないか。ああ、エレオノールは良き伴侶《はんりょ》になってくれるさ。ああ、デュプレイ氏こそ義父と呼びたいような男だ。あの理想的な家族の一員になれるなら、それは革命のためにだって必ずなるはずなのだ。

——ああ、パリでは情欲さえも昇華して……。

ロベスピエールは右手を股間《こかん》の位置に移した。が、それを股引《ももひき》に潜らせる直前だった。扉を叩《たた》かれ、胸を衝《つ》かれた。全ての動きを止めた刹那《せつな》に、外からかけられた声は弟オーギュスタンのものだった。

「兄さん、まだ起きているかい。ねえ、マクシミリヤン兄さん」

ロベスピエールはカッとなった。大きく息を吸いこんで、実際に怒鳴りかけたが、深夜だからと潜められた弟の声の響きと、そうして伝えられた用件の性格が、なんとか思い留《とど》まらせた。ああ、こんな夜更けにごめんよ。けれど、どうしても兄さんに紹介したい人がいて。

──またか。

と、ロベスピエールは思う。家族ならぬ他人がいると思うからこそ、なんとか怒声を呑《の》むのであって、本来ならば断じて許せない話だった。というのも、オーギュスタンは浮わついた奴《やつ》なのだ。にやけた田舎《いなか》の人間の見本のような奴なのだ。性懲りもなく、俺《おれ》の兄貴はジャコバン・クラブの本部でも大物なんだと、あちらこちらで触れ回ってきたに違いないのだ。

オーギュスタンは続けた。いや、兄さん、駄目ならいいんだ。

「うん、先方も迷惑にはなりたくないといってくれているしね。ただ認《したた》めた小論があるから、それだけ手渡したいそうなんだよ」

またかと、こちらが呻《うめ》くのは同じだった。だから、方々で触れ回れば、こうなる。さしたる理想も、それを実現する意欲も持ち合わせないくせ、功名心ばかりは強いという連中こそ、これでもかと田舎に溢《あふ》れる輩《やから》だった。パリのジャコバン・クラブから来たなどといえば、なにか立身の手蔓《てづる》にでもならないかと目論見《もくろみ》ながら、紹介してくれ、俺の書いたものを読んでもらってくれと、せっつく連中が列をなすことになる。

「いや、そういうこと、兄さんが嫌いだとは承知している。でも、今回は少し違うんだ。マクシミリヤン・ロベスピエールが今アラスにいると聞いて、わざわざブレランクールから駆けつけてくれたんだ」

　どこが違うかわからないと、ロベスピエールは憤然としたままだった。もちろん、会ってやるつもりはない。下手《へた》に恨みを買いたくはないと思えば、このまま寝たふりをするのも一計かと思ったが、なぜだか声を発してしまった。

「その小論だが……」

　それだけの言葉で、扉の向こうに気配が動いた。ああ、兄さん、起きていたのか。

「いや、もう寝るところだ。それとして、その小論というのは、この前みたいな文学作品というんじゃないだろうな。そんなもの持ちこまれても、私はフランセ座の脚本審査委員じゃないんだ。御門違《おかどちが》いも甚だしい……」

「文学じゃない。がちがちの政治的論考さ。ええと、サン・ジュスト君、小論の題目はなんだっけ」

　扉の向こうで、弟が来訪者に水を向けていた。あっ、ええ、その、いいんですか。ああ、恥ずかしながら、『革命とフランス憲法の精神』とつけました。題目に感銘を受けたわけではないながら、そう答えた男の名前については、どこかで聞いた覚えがあった。

　サン・ジュスト――確かに聞き覚えがある。ロベスピエールは確かめた。

「もしやエーヌ県の選挙人という方ですか。以前に丁寧な手紙をくれた……」

「はい、そうです」

応じた声が震えていた。感情の乱れが感じられた。そういえば、あれは熱烈な手紙だったな。すっかり思い出しながら、ロベスピエールは入室を許した。

暗がりから燭台《しょくだい》の明かりが広げる輪のなかに歩を進めて、最初が弟のオーギュスタンだった。小男の自分より背ばかりは高いのだが、その童顔は若いというより、幼稚なくらいの印象である。やはり少し腹立たしい。

続いた男はオーギュスタンより、いっそう若いように感じられた。いや、若いというより、まだ少年なのではないか。二十代であったとしても、半ばまで届いていまい。

――いや、いや、これは女か。

ちょこんと小さな帽子を載せた髪が、白い顔を斜めに縁どる長さだった。その狭間《はざま》に覗《のぞ》いた相貌《そうぼう》が、ロベスピエールの目にはほとんど輝いているようにみえたのだ。切れ長の大きな目に、濡《ぬ》れたように艶《つや》めく瞳《ひとみ》……。薄情そうに引き締まりながら、その完全な造形で惹《ひ》きつける美術品のような唇……。見入られるや男は取り殺されるという、伝説の魔女もかくやと思わせる冴《さ》えた美貌《びぼう》……。

オーギュスタンは紹介にかかっていた。あらためて、こちら、私の兄のマクシミリヤン・ロベスピエール。そして、こちらが……。

「……………」

ロベスピエールは息を呑んだ。その相手は紹介の途中で、いきなり抱きついてきた。

あまりなことに硬直して、声も出せないでいる間に、サン・ジュストのほうは始めた。

お会いしたかった、ロベスピエールさん、あなたにだけは是が非でもお会いしたかった。

ときおり洟《はな》を啜《すす》りながら、感涙にむせぶ声だった。あはは、まいったなあ。あながち嘘《うそ》じゃなかったんだなあ。呑気《のんき》なオーギュスタンが続けていた。

「ええ、こちらがルイ・アントワーヌ・レオン・ドゥ・サン・ジュスト君、兄さんの熱狂的な支持者だそうです」

「あっ、ああ、そうか。いや、手紙の調子からして、そのようだったね」

ロベスピエールはなんとか答えた。その間も心臓は高鳴り続けた。ルイ・アントワーヌ・レオンという名前からすると、やはり男だ。尋常でない美貌に恵まれたというだけで、断じて女などではない。それでも、だ。

「と、とにかく手を放してくれないか。まずは座ろう、サン・ジュスト君」

そう促すと、サン・ジュストは刹那にハッとしたような顔を上げた。こ、これは失礼いたしました。つい我を忘れて……。本当に失礼を……。

謝りながら下がる様子は、傍目《はため》にもオロオロしたものだった。が、必死の思いで赤面を隠しながら、その実の狼狽が激しかったのは、かえってロベスピエールのほうだった。

だ、だから、ああ、座ろう。

「みんな、と、とにかく椅子《いす》を取ろうじゃないか」

そうやって急ぎ腰を下ろしたというのは、なぜだか下腹が熱くなっていたからだった。

——馬鹿な、相手は男だぞ。

ああ、さっきまでエレオノールのことを考えていたからだ。いや、それならば興奮してよいというわけではないが、とにかく、これは違うのだ。ロベスピエールが自分に言い聞かせている間に、もうサン・ジュストのほうは平静を取り戻したようだった。ええ、急な訪問だったにもかかわらず、本日は本当にありがとうございました。

「ロベスピエールさんともあろう方に、私などのために時間を割いていただけるなんて、まさに身に余る光栄と、さっきから指の震えが止まりません。あげくに我を失って、失礼まで働いてしまい、本当に恥じ入るばかりです」

いや、恥ずかしいのは私のほうだと、ロベスピエールは心に呻いた。引け目を感じるという意味でも羞恥心《しゅうちしん》に駆られるくらい、あらためてサン・ジュストは美しかった。しかも落ち着きを取り戻すや、それがパリであったとしても、なかなか出会えないくらいに立派な若者だった。

21――ペティオン

「こんなことになったからって、以前の私から人変わりしただなんて、決して思わないでくれたまえよ」

そう始めて、実際のペティオンにも特に変わった様子はなかった。

しばらく会わずにいたとはいえ、それも二月《ふたつき》足らずにすぎないのだから、土台が激変するわけがない。構えた間柄でないことも変わりなく、現に事前の約束もなく訪ねたが、それでも邪険にされなかった。

――ペティオンこそ心の友だ。

ともに極左の二枚看板として鳴らした、ジャコバン・クラブの盟友なのだ。そう信じて、ロベスピエールは今も疑っていなかった。パリに帰るや、その日のうちにペティオンを訪ねて迷わなかったのも、それゆえの話なのだ。

ロベスピエールのパリ帰還は十一月二十八日になった。

パリが最もパリらしいといわれる秋はすぎ、すでに冬本番にかかっていた。路肩に落ち葉が溜《た》まるままで、まだ雪は降らないが、かわりに冷たい木枯らしが吹いていたのだ。とはいえ、どんより重たい鉛色の空も、北国ピカルディからの上京であれば、なんら心を塞《ふさ》がせるものではなかった。

足取りも軽く、最初に向かったのが、サン・トノレ通り三六六番地だった。そこに旅の荷物を下ろすと、もう直後にはサントンジュ街の下宿を引き払い、大した家財もなかったので、引越も昼前までに済ませられた。デュプレイ家の上階の一室に、ロベスピエールは正式な下宿を決めたのだ。

大喜びの大家に送り出されて、午後には同宿となったクートンの車椅子《くるまいす》を押しながら、一緒にジャコバン・クラブに顔を出した。ほんの二カ月足らずとはいえ、やはり懐かしいと感じる顔ぶれが揃《そろ》っていたが、たまたまペティオンが来ていなかった。それならばと夕刻にいたって、ロベスピエールは教えられた住所を訪ねてみることにしたのだ。

それをペティオンは上機嫌で迎えてくれた。気取らない話しぶりも変わりなかった。

「だから、人変わりしたなんて、そんな風には思っていないさ」

ロベスピエールも笑顔で答えた。が、まるで平静でいられたかといえば、それまた嘘《うそ》になってしまう。現にこうして話している間も、ぐるりと頭を巡らせて、四方を確かめたい衝動がある。

贅沢《ぜいたく》に薪《たきぎ》の炎を躍らせて、なんと大きな暖炉だろうか。ルイ十五世様式というのか、壁際を埋めている優雅な造りの食器棚が醸し出す、この独特の威圧感はなんなんだ。なかに収められているセーヴル焼の桃色が、心を奪うということなのか。あるいは中国製の磁器が、そのえもいわれぬ青色で本物を主張するからなのか。

家具調度は全てが鹿《しか》の四肢を彷彿《ほうふつ》とさせる美脚を持ち、ことごとくが金泥で飾られていた。敷き詰められた絨毯《じゅうたん》にいたっては、靴の踝《くるぶし》まで埋まるくらいの毛足だった。

——なんと立派な屋敷に住んでいることか。

ペティオンは引越していた。教えられて訪ねたシテ島の新居は、富豪で知られるクローヌ一族や、はたまたルノワール一族なども住んでいたという、来客を圧倒せんとするばかりの豪邸だった。

議員だったとはいえ、元はシャルトルの田舎《いなか》弁護士であり、住まいもロベスピエールの下宿と大差なかった。それが一変してしまったのだから、なるほど、ペティオン自身が人変わりを疑われまいかと心配するはずだった。

「ああ、いや、正直いえばね。そりゃあ、私も最初は驚いたさ。なにせ、これだけの豪邸なわけだからね。けれど、それだって悪いというつもりはない」

と、ロベスピエールは続けた。別段に嘘や追従《ついしょう》を口にしたつもりはないのだが、後ろめたい思いが全く湧《わ》かないわけでもなかった。

あるいは、これも潔癖なくらいに純粋な若者の感化なのか。ああ、あれは確かに印象的な出会いだった。

「私は金持ちを信用しません」

そうサン・ジュストはいいきったものだった。私の経験からすれば、友と信頼することができたのは、いつだって町の人間でなく、野の人間でしたから。ええ、ブルジョワが革命を進められるわけがありません。金持ちには参加の資格がないといってもよい。人間の権利を論じたいと思うなら、直《ただ》ちに蓄財を放棄しながら、いったん貧者に戻るべきなのです。

「革命で儲《もう》ける輩《やから》がいたとしたら、ロベスピエールさんだって許せないと思うでしょう」

詰め寄られて、たじたじになりながら、心情的には確かに許せない話だねと、そのときは無難にかわしたロベスピエールだった。ああ、サン・ジュストの理屈はわからないではない。気分としては、大いに共感できるものだ。が、また別な声も耳の奥から聞こえてくる。

「そう簡単に割り切れないのが、大人の世界というものじゃないかね」

そうやってミラボーなら、きっと笑い飛ばすだろう。のみか政治的判断としては未熟といわざるをえないと、手厳しく叱責《しっせき》するかもしれない。それでは人心を掌握できないというのだ。自在に操作するためには、まず大衆を理解しなければならないというのだ。

——ああ、その通りだ。

哀しいかな、世人は貧しい者など、決して大物と思わない。尊敬を集めるべき人間には自然と敬意を抱《いだ》けるくらい、裕福であってほしいと思う。だから、ペティオン、変わるべきところは変わって、然《しか》るべきなのさ。

「なんといっても、今や君はパリ市長なわけだからね」

ペティオンはおどけるように肩を竦《すく》めてみせた。が、その刹那《せつな》にも鼻孔が大きく膨らんで、胸奥では自尊心が高揚していることがわかった。

反感を覚えるのでなく、それまたロベスピエールは当然の話だと思った。なにせ、パリ市長なのだ。

「ペティオン、六千七百二十八票。ラ・ファイエット、三千百二十六票」

十一月十六日に投開票が行われた、それがパリ市長選挙の結果だった。

ラ・ファイエットの背後にはフイヤン・クラブがついている。その全面的な支援を受ける以前に、自身が高名な英雄のひとりである。かかる人物を対立候補に回して、ペティオンは倍以上を得票するという、まさかの大勝利を収めたのである。

こちらはジャコバン・クラブとコルドリエ・クラブの支援を受けていたのだから、シャン・ドゥ・マルスの報復という意味でも、最初の一矢《いっし》が放たれたことになる。

――まさに壮挙だ。

ほとんど奇蹟《きせき》といえるくらいの壮挙だ。が、そうした全てはロベスピエールがピカルディに帰郷して、パリを留守にしていた間の出来事だった。

「いや、ロベスピエール、本当なら君が立候補するべきだったんだ」

照れ隠しのような感じで、ペティオンが改めた。パリを離れるというものだから、仕方なく私が立候補してみたら、たまたま当選したという話であって、本当なら君こそが。

「私などパリ市長の器じゃないさ」

あくまで微笑で、ロベスピエールは受けた。ペティオンも笑顔である。そんなことはないさ。ああ、器じゃないなんてことはありえない。

「実際に君にも百票ほど入ったしね」

「私に？」

「ああ、立候補していないにもかかわらず、パリ市長にはロベスピエール氏をと祈念して、その意思を曲げなかった市民が、百人ほどもいたということさ。本当に立候補していたなら、それこそ一方的な勝利になったろうね」

「だから、ペティオン、そんなことはないよ」

「あるさ。ひるがえって私などは、シャン・ドゥ・マルスの虐殺に世論が反発したところに、たまたま居合わせたというにすぎないからね」

「それは私が立候補した場合でも同じだろう。それにフイヤン・クラブに吹いた逆風が、幸運にも味方してくれたというだけじゃない。君のため、ジェローム・ペティオンのためと応援してくれた人間が、少なからずいたということさ」

支持者もいれば、後援者もいるのだから、そんな風に自分を卑下《ひげ》してはいけないよ。そうロベスピエールが切り返すと、今度はペティオンも言葉がなかった。

笑顔は変わらなかったとはいえ、しばしの沈黙が流れた。気まずくなるのは、当然こちらのほうだった。

「私はといえば、なんの役にも立てなかった。本当に済まなかった」

ロベスピエールは詫《わ》びることから再開した。実際のところ、ひとつも働いていない。ジャコバン・クラブ、それにコルドリエ・クラブまで、挙げて選挙運動を繰り広げていたというのに、自分ひとりが我関せずと、ピカルディに帰郷していたのだ。

もちろん考えあっての帰郷だったが、そのために盟友ペティオンの選挙を放念したことも事実だ。そのときは特段の意識もなかったが、どうせ駄目だろう、ラ・ファイエットが相手では勝てないだろうと、端《はな》から見放す気分があったのかもしれない。無駄なものに時間を費やすよりはと、だから帰郷を優先させてしまったのかもしれない。

ロベスピエールは思う。ペティオンがペティオンでなかったら、つまりは根に持つような陰性の性格だったとしたら、今さら友達のような顔をして近づいてくるなと面罵《めんば》されて当然だったかもしれないなと。

ペティオンだから、快く迎え入れてくれた。人変わりしたと思わないでくれなどと、逆に断るほどだった。

「いや、それは構わない。ああ、ロベスピエール、選挙運動に参加してくれたか、くれなかったかは大した問題じゃない」

そうやって許してくれたどころか、ペティオンは気まずいような顔にまでなったのだ。

「かえって私のほうこそ、なにひとつ君の役に立てなくて」

「…………」

ロベスピエールは首を傾《かし》げた。言葉の意味が取れなかった。こちらの怪訝《けげん》な顔に気づいたか、ペティオンは言葉を足した。いや、君ともあろう人物が議会から下野したきり、今も一介の市民のままでいるなんてね。

友がいわんとしたことを、ようやくロベスピエールは理解した。そのこともジャコバン・クラブで、確かに聞かされていた。ああ、ダントンのことか。

22——最重要課題

かねてコルドリエ・クラブを率いてきた巨漢は、ペティオンの勝利に最も功績あったひとりだった。

市民運動を組織させれば、右に出る者もないという影響力の持ち主が、パリ市長ペティオン誕生に向けて、その力を選挙運動に傾注させたのだ。迫力満点の大声に押されて、ラ・ファイエットを捨てた選挙人も少なくなかったのだ。

——だからダントンは、パリ市の第二助役というわけだ。

在野の活動家が、今や晴れの公職に就く身の上だった。

その上司、第一助役ピエール・ルイ・マヌエルにしても、ジャコバン・クラブの一員である。立法議会の議員たらんと、ヨンヌ県で立候補したものの落選、ペティオンの選挙運動に尽力して、辛くも拾われた格好だ。パリで作家稼業などしていた縁で、かねてブリソと親しくしていて、この方面から強烈な押しがあったとも聞いている。

「が、そんなもの、この私は望んでいません」

再び耳奥に声が響いた。公職の拝命についても、サン・ジュストは一家言持っていた。興奮が高まるまま、やはり打《ぶ》ち上げたものだった。

いわく、革命で豊かになることが許されないのと同じで、革命で偉くなることも許されない。ある一党が政権を奪取するや、しばしば仲間に役職を分配するような真似《まね》がされるが、もし自分に提示されたならば必ず断る。色気があるようにみられたならば、それだけで屈辱を覚える。

「もちろん、誰かは役職に就かなければなりません。それも政見を異にする輩《やから》に任せるより、同じ理想を見据える同志に任せるべきでしょう。しかし、それが地位であってはならない、あくまで役目であるべきだと、それが私の考え方なのです」

潔癖なサン・ジュストは、そう断言して憚《はばか》らなかった。ロベスピエールは再び無難に逃げてしまった。けれど、その地位と役目を分けるというのは難しいね。最終的には個々の良識にかかっているんじゃないかと思うね。

「ははは、ということは、個人の野心は卑しいなんて、またも君は嫌うわけだな」

そうやってミラボーなら笑うだろうなと、やはりロベスピエールは想像しないでいられなかった。

かつてミラボーが大臣のポストを望んだとき、全力で阻止にかかったことがある。あのときは、あまりに危険と思われた。実際、あのまま入閣されてしまったら、フランスの国政がひとりに牛耳《ぎゅうじ》られたに違いない。

——しかし、だ。

そのままの理屈で公職ひとつ拝命するべきでないというのは、どうか。そもそもの根本に立ち返れば、どうか。

「だいいち、君だって、食っていかなくちゃあならないだろう、ロベスピエール」

またミラボーの声が聞こえた。ロベスピエールは曇り顔のペティオンに答えた。

「いや、実際のところ、これで私も民間の人間というわけじゃない。ヴェルサイユのほうでは、判事の職を任されているんだ」

「しかし、それは政治的な地位じゃあるまい。パリで活動できるポストが、ロベスピエール、君にだって必要なんだよ。うん、うん、反革命の摘発を専《もっぱ》らにする訴追官の職なんかどうかと考えて、実は今も調整中なんだが……」

「それは気を遣わせたね、ペティオン」

そう答えながら、下心を見透かされたようで、こうなると、ロベスピエールも面白くなかった。大人げないとは思いながら、このときばかりは自分を抑えることができなかった。ああ、しかしだ。

「私なら、今はジャコバン・クラブの代表で十分さ」

今度はロベスピエールが自尊心の高揚を抑えられない番だった。

あくまで民間の地位である。法的な権限が与えられるわけでも、俸給がつくわけでもない。が、それで私は満足だ。いや、それだからこそ誇りに思うのだ。

ジャコバン・クラブの代表に選ばれた。それがその午後の結果だった。ロベスピエールに立ち寄られて、ジャコバン僧院の面々は急遽《きゅうきょ》クラブ総会を召集したのだ。

いわく、フイヤン・クラブの離脱、シャン・ドゥ・マルスの虐殺、憲法制定国民議会の解散、立法議会の開幕と続いたために、長らく棚上げになっていた代表選を行いたい。というより、自分たちの総意はすでにできており、あとは意中の人物の帰京を待つのみだったのだから、今こそ快諾の返事がほしい。

「もはやロベスピエールさんを措《お》いて他はないと、それが全員一致の結論なのです」

かたわらのクートンも強く頷《うなず》いてくれた。ああ、ジャコバン・クラブは奮闘しているよ。今夏に強《し》いられたという窮地も、確実に回復しつつあるだろう。けれど、新参の私などにいわせると、どうにも奇妙な感覚なのだ。ジャコバン・クラブ、ジャコバン・クラブというけれど、ひとつの結社という気がしなかったのだ。

「というより、確固たる精神的な支柱がない。なるほど、それが今日までパリを空けていた、君という男だったわけだね、ロベスピエール」

思い出すほど、感動に指が震える、膝《ひざ》が揺れる。ええ、ロベスピエールさん、あなたは革命の精神そのものですと、向こうでもサン・ジュストがいってくれた。ええ、ええ、かつてのミラボーだの、あるいは今のラ・ファイエットだの、はたまた三頭派だのといった、地方にいても鳴り響く名前に縋《すが》るのは簡単ですが、真に革命に殉じようという人間には、それは違うとわかるのです。本当の正義を体現してくれている、ロベスピエールさんがおられればこそ、致命的な誤謬《ごびゅう》がみえるのです。だから私は、あなたの背中を追いかけないではいられない。

「田舎《いなか》はどうだったね」

ペティオンが話題を変えてきた。ハッとさせられた直後に、ロベスピエールは少しだけ赤面した。が、立ち直るのは造作もなかった。田舎はどうだったかと水を向けられたなら、持ち出したい話は山ほどあったからだ。

「問題ありだ」

と、ロベスピエールは始めた。ああ、そうだ。パリ市長選がどうの、その論功行賞がどうのと、ほんの近況であるとはいえ、全ては過ぎた話である。大事は、これから先の未来だ。向後《こうご》のフランスのため、それこそは話すべき本題なのだ。が、さらに先をいわせることなく、ペティオンは即応した。

「ひとつには亡命貴族の問題、もうひとつには宣誓拒否僧の問題ということだね」

答えられてしまったからと、別に驚くような話ではなかった。ペティオンにはピカルディから、ロベスピエール自身が手紙で知らせていたからだ。こちらにすれば話が早くなるようにとの配慮であり、それだけに大急ぎで進めたいのは、パリではどう受けとめられ、どうするつもりでいるのかと、そこのところの議論だった。

「それらの問題については、こちらでも最重要課題と考えている」

ペティオンは再び先んじた。ああ、君も知っての通り、亡命貴族の問題も、宣誓拒否僧の問題も、以前から気にならなかったわけではない。ヴァレンヌ事件だの、フイヤン・クラブの分離独立だの、大きな事件が色々あったものだから、なかなか本腰を入れられないでいたんだが、他でもない、ロベスピエール、君に地方の実情を報告されてからは、いよいよ力を傾注している。

「議会でも、すでに追及を始めている」

そうまで明かされれば、ロベスピエールとしても少し驚かざるをえなかった。なにをしていた、どうするつもりだと、こちらとしては発破《はっぱ》をかけるくらいの気分でいた。今の段階で迅速に対応されているとは思わなかったのだ。

ペティオンの言葉を聞けば、嘘《うそ》でないことも瞭然《りょうぜん》となる。

「まずは亡命貴族の問題だが、これは、ええと、確か十月二十五日の審議だったと思うが、ヴェルニョー議員が取り上げている。ヴェルニョーというのはボルドーから来た男で、なかなかの雄弁家だ。〝ミラボーの再来〟と評する向きさえある」

ミラボー云々《うんぬん》は別として、ヴェルニョーは確かに追及したらしかった。亡命貴族に対しては問答無用の死刑を要求する、プロヴァンス伯、アルトワ伯という国王の二人の弟たちも例外でないと、過激なまでの主張を議場に投げたのだ。

「ヴェルニョーの弁舌が衝撃ならば、次なるコンドルセは百科全書派ドニ・ディドロの最後の盟友にして、フランス学士院の大立者、議会きっての知性派というわけさ」

亡命の権利を認めないのではない、亡命貴族が外国で軍隊を集めているからには、こちらの国民も平和を守るための措置を講じなければならず、それは自然権の一部である。そう理論的に補足しながら、コンドルセは亡命貴族に新体制への忠誠を誓わせなければならない、誓わなければ財産没収に処するべきだと、そこは穏健な一七八九年クラブからの転向組で、主張のほうは大幅に後退させた。

とすると、それはジャコバン・クラブの発言ではないとして、蒸し返す輩が出るのも必定《ひつじょう》だった。

「十月三十一日には、これまた立法議会の有望議員、イスナールの登壇となった」

罪人が王族だからと罰しなければ、平等な社会とはいえない。そう前置きしながら、イスナールは議場に一種の熱狂を招いたという。

「あるいは王族には手が届かないというのでしょうか。いや、天の火というものがあり、それを自在に扱えるものならば、人民の自由を侵害する全ての輩を、その火で焼き滅ぼしてやりたいと、それが私の思いなのです」

立法議会は同日のうちに、王弟プロヴァンス伯に対する処分を決議した。すなわち、プロヴァンス伯は二カ月以内に帰国せよ、従わなければ将来摂政《せっしょう》となりえる権利を剝《はく》奪《だつ》する。

「さらに議論を重ねて、十一月九日には亡命貴族一般についても決議がなされた。こうだ。フランス国境の外側で集会を行うフランス人は、祖国に対する陰謀を企《くわだ》てた疑いありとみなされる。その場合、最も重い量刑は死刑となる。また亡命者は来《きた》るべき一七九二年一月一日までに帰国しなければ、その財産を全て没収されるものとする」

手元の紙片を読み上げて、ペティオンは得意げなようにもみえた。

「次が宣誓拒否僧の問題になるわけだが、これは十月七日の議会で、すでにクートンが手をつけていた。けれど、そのあとを我々が発展させたよ。ああ、十月二十六日の議会で演壇に進んだのは、やはりボルドー出身の議員、ジャン・フランソワ・デュコさ」

宣誓拒否僧が危険なのは聖職者民事基本法に宣誓しないからでなく、宗教的意見と政治的意見を混同させるからである。そうした言葉で、デュコは宗教不介入という見地からの寛容論を見事に封じた。

続いたのが、元がカルヴァドスの立憲司教というフォウシェだった。宣誓拒否僧に対する国家給養を直《ただ》ちに停止し、その管理下に置かれ続けている教会を取り上げろと、声を張り上げたのだ。

一連の動きが収斂《しゅうれん》したのが、十一月二十五日における宣誓拒否僧監視委員会の発足だった。

「委員会の中心的存在が、さっきのイスナールさ。ここだけの話だが、いよいよ明日二十九日の議会には、委員会発議の法案が提出される手筈《てはず》になっている。すなわち、未《いま》だ宣誓を果たさざる聖職者が体制に忠誠を誓う場合は一週間以内に済ませること、あくまで拒否する聖職者は反乱容疑者として委員会の監視下に置かれること、これに反抗する輩は一年の禁固に処する、他者をして反抗するよう煽動《せんどう》した輩は二年の禁固に処する」

どうだといわんばかりに、ペティオンは最後には胸を張った。ああ、ロベスピエール、君が留守にしていた間も、我々は怠けていたわけではない。王とフイヤン派に、きちんと圧力をかけていたのだ。

「王とフイヤン派に、罠《わな》を仕掛けたといってもいい」

続いた言葉遣いに、ロベスピエールは微《かす》かな違和感を覚えた。

意味がわからないというのではない。

法案が議会を通過すれば、次なる手続きが国王による裁可になる。そこでルイ十六世が拒否権を発動すれば、王は亡命貴族の味方、宣誓拒否僧の味方ということになる。

逆に批准に応じた場合は、これまで亡命貴族についても、宣誓拒否僧に関しても、一種の寛容策で臨んできたフイヤン派の立場がなくなる。

フイヤン派が失脚すれば、ヴァレンヌ事件も御咎《おとが》めなしとはいかなくなり、ルイ十六世が確保している地歩も一気に怪しくなる。

まさに八方塞がりで、だから罠だというのである。

なるほど、とロベスピエールは受けた。王とフイヤン派には確かに報復しなければならない。ああ、罠にかけて、奴《やつ》らを滅亡させてやることに、私とて異議などない。

「それとして、ペティオン、亡命貴族の問題と宣誓拒否僧の問題について、具体的な解決策は」

「具体的な、というと」

「だから、どう解決するかということさ。死刑にするとか、財産を没収するとか、あるいは直ちに追放するといったような脅《おど》しは、あまり効果がないように思うが」

そう話を転じてみたが、ペティオンからは答えがなかった。ただ黙したのではなく、なにかを誤魔化《ごまか》すような曖昧《あいまい》な笑みも浮かんでいた。

ロベスピエールに閃《ひらめ》きが走った。が、そうして思いついた図式が事実であるとするなら、断じて許せない話だった。

――もしや何も考えていないのか。

ただ王とフイヤン派を罠にかける。つまりは単なる政争の具に使うだけなのか。亡命貴族と宣誓拒否僧それ自体については無為無策のまま、文字通りの野放しにしておくつもりなのか。そう自問するほどに、ロベスピエールは立腹を抑えられなくなった。

23——心の友

確かにパリは政治の意識が高い。この都に留《とど》まる議員だの、高官だのは、その最たる輩《やから》だろう。が、ときには高くなりすぎて、大多数の国民は不在であるかの議論をする。しばしば政治を政争の意でしか捉《とら》えられなくなる。

——かつての三頭派のように……。

刹那《せつな》ロベスピエールは不穏な気配を感じた気がした。

三頭派にしかけた戦いも、最初はジャコバン・クラブにおける全国連絡委員会の改選動議だった。あのときも地方の実情を無視しながら、革命の進捗《しんちょく》を滞らせていると、声高に非難した。それでも三頭派は聞く耳を持たず、かわりに権力に執着を強くしながら、国民に不条理を押しつけるような政治に走った。

「それは断じて間違いです」

サン・ジュストの悲鳴が再び蘇《よみがえ》る。なんとなれば、今や内乱の危機なのです。畑仕事をしていても、ときおりコンデ大公の家来と思しき黄色い制服をみかけます。おやと思いながら遠見すれば、彼方《かなた》の森の向こうに黒煙が立ち上っているのがみえます。陣営を築いているのか、騎馬隊の行進が土煙を上げているのか、いずれにせよ国境地帯では危機が目にみえているのです。

「亡命貴族だけは、なんとかしてください、ロベスピエールさん」

「…………」

「宣誓拒否僧は、もっとひどい。神罰を騙《かた》りながら、信徒に強要するのです。革命を支持するなら、死後は地獄落ちだろうと、そう脅《おど》して蜂起《ほうき》の武器を取らせるのです。内乱という地獄絵を、このフランスに自《みずか》ら描こうとしているにもかかわらず、です」

サン・ジュストは未熟な若者である。が、それとして、不思議な説得力を振るう。あの美貌《びぼう》で語られるうち、人ならぬ天使の御告《おつ》げのような気がしてくる。それこそ真実に違いないと、あたかも自分の目でみたかのように確信させる。

「だから、ペティオン、君だってわかっているはずだ。事態は一刻を争うのだ」

ロベスピエールは一瞬にして煮立った。口を衝《つ》いて、勝手に外へと飛び出していくのは、サン・ジュストが自分に託した言葉だった。ああ、亡命貴族にも、宣誓拒否僧にも、脅しなんかは効くはずがない。

「亡命貴族は軍隊を呼びこんで、宣誓拒否僧は民心を掌握して、どちらも最終的な目的は内乱を起こすことだからだ。それで全て取り戻すつもりでいる。つまりは革命前に時計を戻して、貴族は領地と官職を、僧侶《そうりょ》は荘園と聖職禄《せいしょくろく》を、それぞれ取り戻すつもりでいるのだ。自分の身を立てる術《すべ》は、それしかないとも考えているからには、どんな脅しも無駄さ。なんらかの手段を講じないでは、このフランスが分裂してしまうのさ」

一気に吐き出してみて、ロベスピエールは肩で息をしている自分に気づいた。その勢いを押しとどめるかに両手を翳《かざ》して、ペティオンのほうは一寸《ちょっと》待ってくれというような身ぶりだった。ああ、だから、誰も野放しにするとはいっていない。内乱が危惧《きぐ》されることも承知している。

「だから、なのさ」

「なにが、だい」

「君も聞いているだろう。我々は戦争を考えている」

ロベスピエールは再度ひっかかりを覚えた。さっきからペティオンは「我々」というが、それは誰と誰のことなのだろう。

しかし、今度もかかずらっている場合ではなかった。

「戦争だって」

ロベスピエールは、あえて大きな声で質《ただ》した。

立法議会に主戦論が提出された運びは、もちろん聞いていた。口火を切ったのは、ブリソだそうだ。

「要するに当たり前の話でしかありません。きちんと均衡を取らなければ、世のなかは破綻《はたん》してしまうのです。諸君を害しようとする邪悪な力があるならば、それを諸君は自ら攻め滅ぼさなければならない。当たり前の話でしかないという意味です」

熱血のイスナールも、遅れず後に続いたという。

「ええ、革命の状態にある人民は無敵です。戦おうという熱い意気ごみを、進んで表現しないではいられないときだからです。自由のために燃え上がるときだからです。犠牲を潔く受け入れるときだからです」

そうした全てを了解して、なおロベスピエールは盟友ペティオンがいう意味がわからなかった。ああ、戦争を始めたからといって、全体なんの解決になる。

「というか、本気でいっているわけじゃないだろう。それまたフイヤン派を追い詰めるための政争の具であったとしても、本当に戦争なんか始められるとは……」

「思っているさ」

「馬鹿な……。ペティオン、君ともあろう男が、馬鹿な……。正規軍は指揮官不在で役に立たない。国民衛兵隊では対外戦争は戦えない。国境地帯の実情についても、君には手紙で知らせてあるはずじゃないか」

「ブルボン王家のような侵略戦争をやらかそうというわけじゃない。だから、ロベスピエール、我々が考えているのは本格的な戦争じゃない。ほんの短期決戦の程度さ」

「その短期決戦で、フランスは手痛い敗北を喫するぞ」

「………………」

「仮に兵力が万全だったとしても、今は戦争なんかできやしないんだ。だから、さっきからいっているように、亡命貴族と宣誓拒否僧の問題を解決しないことには、なにもできやしない。今や内乱の危機に見舞われているというのに……」

「そこなんだ、ロベスピエール、まさにそこなんだよ、我々が意図しているのは」

「ああ、ペティオン、まさにそこだな、私が理解できないのも」

「つまりは、こうさ。外なる敵と戦うことで、フランスは内なる敵も打倒することができる。亡命貴族の兵団は、外国の軍隊と一緒に潰《つぶ》すことができるわけだろう。宣誓拒否僧の言葉に惑わされかけた民心だって、戦争が起これればそちらに向かう。反革命の流れに引き込まれるどころか、再び革命の熱狂に捕われる」

「それが現代の聖戦、自由のための十字軍だからかい」

「その通りだ、ロベスピエール」

「とすれば、ずいぶんな冒険主義だな」

「………………」

「無邪気な楽観がすぎるといったほうが、君の心に届くかい。ああ、大勢の人が死ぬかもしれない話をしているというのに、ずいぶん簡単な口ぶりじゃないか」

ペティオンは頰《ほお》を硬直させていた。それが怒りとして爆発したとしても、やむをえないとロベスピエールは覚悟した。

サン・ジュストの言葉が、またも頭蓋《ずがい》に響いていた。

「最も憎むべきは不誠実な法螺《ほら》なのです。私が金持ちを嫌いなのも、地位ある人間を軽《けい》蔑《べつ》するのも、連中ときたら自分が持てるものを守るためならば、どんな嘘《うそ》でも平気でつくからなのです」

だから、誰が相手であろうと、それが心の友であったとしても、今は戦わなければならない。そうしてロベスピエールのほうは、がちがちに肩を怒らせていたというのに、ペティオンのほうはといえば、にやりと破顔一笑してみせた。

今度はミラボーの声が聞こえた。

「なに、嫌いな奴《やつ》にこそ、進んで握手の手を出すものなのさ」

同じ言葉を聞いたわけではあるまいが、実際にペティオンは握手の手を出してきた。

ああ、おかえり、ロベスピエール。我が同志よ、よくぞパリに戻ってくれた。

「また議論を戦わせよう。ああ、手強《てごわ》い論客は大歓迎だ」

大きく吐き出してから、ロベスピエールは自分が息を止めていたことに気づいた。我ながらの構え方を苦笑すれば、こちらも笑顔で握手の手を出すしかなかった。ああ、ペティオン、私も遠慮する気はないよ。そうした忌憚《きたん》のない議論から、絶対に正しいと思える道を掘り出していくというのが、我々の方法だったわけだからね。

「ああ、また議論を戦わせよう、ジャコバン・クラブで」

そう持ちかけると、ペティオンは力強く頷《うなず》いた。

握手を最後に、ロベスピエールは部屋を辞した。踏み出した夜のパリは、凍《い》てつくような寒さだった。引越したことなど、もうすっかり頭の外になっていたが、それでも足は自然とサン・トノレ通りに向いていた。まっすぐ帰宅するのでなく、ジャコバン・クラブに寄るつもりだったからだ。なにはなくとも、あそこに顔を出さないでは済まないのだ。

——そんなに好きなのか、あの黴臭《かびくさ》い図書館跡の集会場が。

自分を冷やかす笑いを刻みかけて、ロベスピエールはふと考えてしまった。

——ペティオンはジャコバン・クラブに来るだろうか。

最近おみえにならないと、ロベスピエールは訴えられていた。午後にジャコバン・クラブに出向いたときの話だ。

会員の圧倒的な支持で代表に選ばれたというが、それにも他に適任者がいなかったから、つまりはロベスピエールと極左の二枚看板で鳴らしてきた盟友が、とみに姿を現さなくなったからという事情があった。

もっとも、ペティオンなら理屈がわかる。今やパリ市長だからだ。ジャコバン・クラブの代表まで兼ねることはできないからだ。が、それも議員となると、別だろう。議員が就任するというのが、むしろ代表の慣例だろう。とすると、大活躍との噂《うわさ》が轟《とどろ》き渡るブリソなどは、代表選に手を挙げて然るべきだった。

「…………」

帰路のロベスピエールを虜《とりこ》にしたのは、先刻のひっかかりだった。ペティオンは「我々」といった。何度となく「我々」といいながら話を進めた。が、その「我々」とは誰と誰のことを指すのか。もしやジャコバン・クラブのことではないのではないか。たちまち嫌な気分に捕われてしまうのは、三頭派がおかしい、三頭派がおかしいと思ううちに、ジャコバン・クラブからの分離、フイヤン・クラブの設立と進められた経緯があるからだった。

とはいえ、それをいうなら、すでに経験則は得られている。

——議論さえできなくなったら……。

そのときは終わりと考えるべきだろう。三頭派がそうだったからだ。こちらが何を論じても、決して言葉を返すことなく、冷ややかに眺めるだけになったからだ。

そうまとめて、ロベスピエールは自分でも意外なくらい、あっさり割りきることができた。ああ、執着しても仕方がない。無理に引き止めなければならないならば、それは心の友ではない。逆に心の友であるなら、向こうから自然とやってくるだろう。

「私も議員になります」

議員になって、きっとパリに上ります。アラスの夜に二十四歳の若者は、そう約束したものだった。あのサン・ジュストが本当に心の友なら、その約束も本当になるだろう。立法議会議員の改選など、まだまだ先であるとしても……。その日が来たとして、無名の若者がすんなり議員になれるなど、ほとんど現実的な話ではないとしても……。

24――内閣改造

ルイ・ドゥ・ナルボンヌ・ララ伯爵はフランスに数多《あまた》伝わる貴族のうちでも、かなり旧家の部類に属する一門の末裔《まつえい》である。

歴史書にいう「ゲルマン民族大移動」で、ガリアと呼ばれていた古《いにしえ》の当地に流れてきた、フランク族の末裔ということでもある。

してみると、血統書付きの名犬よろしく、雑多な血の混入を排除して、同類だけでの交配を守ってきた証《あかし》なのか。純血のゲルマン人はかくあるやと思わせながら、ちょっと異様なくらいに色が白い。

長髪にしている桃色の鬘《かつら》もあって、ふとした瞬間には女と見紛《みまが》うほどである。こうして片膝《かたひざ》を落として畏《かしこ》まっているのでなく、すっくと立てば見上げるくらいの大男であることが、俄《にわ》かに信じられなくなる。

「そんな貴殿ならば、かえってよろしかろうと、バルナーヴなどもいうものでね」

テュイルリ宮の執務室に呼び出すや、据え付けの書几《しょき》から、そうルイは切り出した。

その言葉をナルボンヌ・ララ伯爵は、昨日今日の議員風情《ふぜい》ではちょっと真似《まね》のできない、なんとも雅《みやび》やかな辞儀ながらに受け止めた。

「陛下、身に余る光栄と存じております」

「まあ、そう固くならずに受けてください。ええ、フランス王ルイ十六世たる朕《ちん》は、本日十二月七日付で貴ルイ・ドゥ・ナルボンヌ・ララ伯爵を、本フランス王国の陸軍大臣に任命いたします」

自分がひとつだけ年上と同年代なこともあり、口ぶりは我ながら砕けたものだった。それでもルイが告げたのは正式な閣僚の任命だった。

ルイは内閣改造を試みていた。

十月六日、海軍大臣に元のブルターニュ地方長官で、一徹な忠僕として仕えてきた人物、アントワーヌ・フランソワ・ベルトラン・ドゥ・モルヴィルを抜擢《ばってき》した。

続く十月三十一日には外務大臣モンモランを更迭、後任に内務からの鞍替《くらが》えでアントワーヌ・ニコラ・ヴァルデク・ドレッサールを据えた。

そして今日十二月七日には、その内務大臣にボン・クロード・カイエ・ドゥ・ジェルヴィル、財務大臣にルイ・アルドワン・タルベと任命し、最後に十二月二日に更迭した陸軍大臣デュポルタイユのかわりとしたのが、ナルボンヌ・ララ伯爵だったのだ。

閣僚は海軍大臣モルヴィルのような特定の議会勢力に伝《つて》を持たない無党派か、さもなくばフイヤン派だった。外務大臣ドレッサールはデュポールの推薦、陸軍大臣ナルボンヌ・ララはバルナーヴの推薦といった具合だ。

そもそもの素性を探れば、いずれも開明派貴族と呼ばれていた手合いで、つまりはラ・ファイエットの盟友という線から出来《しゅったい》して、三頭派に支持されたというフイヤン派である。

「とはいえ、数ある候補のなかから貴殿を選んだのは、私自身ですよ」

ルイは新しい陸軍大臣に続けた。ええ、フイヤン派が推薦すれば、誰でもよいというわけではありません。

「こと貴殿に関していうならば、ナルボンヌ・ララ伯爵はどうだろうかと、はじめに私のほうから打診して、しかる後にフイヤン派の了解を得たというほうが、実情に近いのです」

「これは、いよいよ光栄至極でございます」

「ですから、まあ、そんなに固くならないで。実際のところ、私の気持ちひとつなのです。政治的配慮は欠かせないとはいえ、そもそも大臣の任免は国王大権に属しています。執行権の長として、それは憲法にも認められている権限だ。行使するのに、誰の了解が必要だという話ではありません」

ナルボンヌ・ララ伯爵は頷《うなず》いた。でしょうとも。でしょうとも。ええ、陛下が仰《おっしゃ》る通りでございます。

「というのも、フイヤン派と陛下の協力関係も最近では、かえってフイヤン派のほうが、陛下の手腕に助けられている状態でございますからな」

「伯爵、それは拒否権の発動のことをいっているのかね」

ナルボンヌ・ララ伯爵は再び頷いた。

議会を通過した法案に対する拒否権の発動、廃案にできる絶対拒否権ではないけれども、議会に差し戻して再度の審議を命じ、法律としての施行を停止することができる拒否権の発動も、また国王に与えられた正当な権限だった。

——それを私は自在に駆使した。

ルイ自身にも自負はあった。

立法議会という新しい議会が召集されるや、ジャコバン派の議員たちが攻勢に転じてきた。優勢であるはずのフイヤン派が押されるほどの勢いで、あれよという間に中道多数派を巻きこみながら、一気に通過させたのが亡命貴族に関する二法案だった。

すなわち、摂政権《せっしょうけん》の剝奪《はくだつ》で脅《おど》しながら、プロヴァンス伯に帰国を促す十月三十一日の法案と、亡命貴族の断固断罪と財産没収を決めた十一月九日の法案である。

手続きは国王の裁可に進む。これに拒否権を発動すれば、ルイ十六世は王弟はじめ亡命貴族の味方ということになる。が、これを批准してしまえば、今度は寛容策を通してきたフイヤン派の立場がなくなる。

まさに罠《わな》だが、これをルイは巧みに切り抜けてやった。十月三十一日の法案を批准し、十一月九日の法案だけに拒否権を発動したのだ。

王弟プロヴァンス伯には泣いてもらうことにした。そうして身内を切り捨てながら、亡命貴族一般については厳罰を退けて、かわりにフランス王たる高みから、速やかな帰国を呼びかけた。

「ええ、まさに見事でございました。十二月三日にはプロヴァンス伯、さらにはアルトワ伯までが、あらためて帰国拒否の声明を出されましたから、これで国民の怒りの矛先は二人の王弟殿下に向かうことになりました。ご自分の弟だからと、手心を加えなかった陛下は英雄でございます。かたわら、フイヤン派の政策が破綻《はたん》してしまうわけでもない。むしろ寛容策という既定路線が守られ、また強化された格好でございます。まさしく陛下は稀《まれ》にみる手腕で議会を翻弄《ほんろう》なされたと、そういって過言ではありますまい」

そうまで言葉にされてしまうと、ルイとしては気まずくないわけではなかった。

プロヴァンス伯は切る、亡命貴族は鷹揚《おうよう》に遇するという線は、実をいえば三頭派のラメットが出してきたものなのだ。ただ、まあ、それを容《い》れたのは私であり、また実の弟を犠牲にしてよいという大胆な決断は、私でなければ下しえなかった。もとよりラメットがどれだけ頭が切れようと、拒否権の行使が王のみの権限であるかぎり、私なしでは始まらない。諸々《もろもろ》の事情を加味すれば、ほとんど私の手柄といって間違いでなく……。

「ただ、その分だけ悔しかったのでしょうなあ。手玉に取られた議会は再び騒ぎ出しているようです」

ナルボンヌ・ララ伯爵が続けていた。ハッとして、ルイは現実に戻った。

議会のフイヤン派は当然ながら満足したが、他は大騒ぎして、王に抱《いだ》く反感を倍加させたばかりだった。

「ジャコバン派の議員たちのことですな」

と、ルイは受けた。ええ、確かに議会に乗りこんでは、亡命貴族にもっと厳しい態度を示せと、今も叫び続けておりますな。

「そこで、なのです。貴殿を陸軍大臣に抜擢することを思いついたのは」

「ああ、つまりは小生に、その、なんですか、もっと厳しくやれと」

ルイは頷いた。その間もナルボンヌ・ララ伯爵は、そうですか、そうですか、もっと厳しくと申されますかと、聞こえよがしの呟《つぶや》きを続けていた。

やはりというか、腹案がないではないらしかった。ルイは言葉を問いに変えた。

「もっと厳しくといわれて、貴殿ならどういう手段を取りえると考えますか」

「陸軍大臣を拝命したわけですから、ふむ、やはり戦争でございましょうか」

「いきなり、戦争ですか。少し唐突な感じもしますな」

そう上辺は驚いてみせながら、内心でルイは、来た、来た、と拳《こぶし》を強く握るような気分だった。ああ、それだ。その言葉が欲しかったのだ。

――戦争しかない。

ルイの考えは変わっていなかった。いや、考えを煮詰めるほどに戦争しかないと、それは今や確信に変わっていた。ああ、フランスは諸国に宣戦布告をしなければならない。そうして諸王家の介入を、なかんずくオーストリア皇帝レオポルトの参戦を呼びこまなければならない。

なんとなれば、フランスが現下の状態で戦争を行えば、まず間違いなく負ける。戦争を主導した政府が解体を余儀なくされるは必定《ひつじょう》である。それが立憲王政の政府であるからには、立法府として憲法を裏づけている議会が解散される運びも、また火をみるより明らかだ。

権力に空白が生じれば、そこに乗じて諸王家が再建するのは、自《みずか》らの同類たるフランス王家でしかありえない。体制も立憲王政などと半端なものでなく、つい先年まで盤《ばん》石《じゃく》の栄華を謳《おう》歌《か》していた絶対王政のほうだ。

それを呪《のろ》わしきアンシャン・レジームであるとして、そのとき国民は果たして王家を拒絶するか。いや、しない。進んで負け戦《いくさ》など試みた馬鹿な革命政府を見限りながら、やはりフランスが落ち着けるところはそこしかないと、この国父なる王ルイ十六世の大きな腕のなかに自ら飛びこんでくる。

だから、戦争しかない。

――フランスは負けるがよいのだ。

ところが、である。立法議会で指導的な立場にあるフイヤン派は、不戦論を貫いていた。わけても平和を必須《ひっす》の条件と考えているのが三頭派で、諸国の王侯に親書を送りつけては、開戦の回避に躍起になっていた。国王大権を拡充してくれたという件にしても、憲法は王権を制限するものではない、むしろ革命は王に力を与えるものだと、オーストリア皇帝の理解と共感を獲得する目的があったのだ。

――彼奴等《きゃつら》の立場としては、わからない態度ではない。

さすがに賢い、ともルイは思う。だから戦争などしてしまえば、立憲王政は倒れるのだ。革命を軟着陸させたい連中にすれば、ここまで来て、全て御破算にしたいわけがないのだ。ああ、三頭派は戦争は起こさない。

――けれど、フイヤン派は一枚岩ではない。

事実、新しい陸軍大臣は、戦争、と声に出した。はじめに答えありきとはいわないまでも、なにか政治問題の解決を迫られれば、割合と簡単に戦争という結論を弾《はじ》き出す。

――根からの軍人だからだ。

これでナルボンヌ・ララ伯爵は幕僚長の要職を占める王軍の要《かなめ》だった。革命が起きてからは、ドゥー県の国民衛兵隊司令官にも選任されている。みてくれは雅な優男《やさおとこ》でありながら、世に帯剣貴族というように旧家の出という人種は、大半が好戦的な性格をしているものなのだ。

25——初仕事

ナルボンヌ・ララ伯爵に限らず、フイヤン派のなかでも旧一七八九年クラブの系統、つまりはラ・ファイエットに連なる人脈は、おおよそ好戦的であるとみてよかった。

開明派貴族を気取るだけ、ジャコバン・クラブから抜けてきた面々を相手にしても、理想の言葉で話を合わせるくらいの能はある。それでも人間の中身は全くの別物なのだ。

——ラ・ファイエット自身が今や戦争に逸《はや》っている。

同じく根が軍人だからというだけではない。あの他愛《たわい》ない軽薄男は、失態を繰り返していた。世論がシャン・ドゥ・マルスの虐殺を非難するほうに回るや、国民衛兵隊司令官の職をあっさり投げ出し、ほどなく議席までなくしたからには、これは窮したと頭を抱え、あげく同じようにバイイが仕事を投げ出したのを幸いとして、パリ市長に転身すればよいだけだと張りきったあげくが、無残な落選に終わったのだ。

顚末《てんまつ》を思い出すたび、ルイは大笑いしたい衝動に駆られる。正直、ざまあみろという

気分がある。が、かかる痛快な思いにまして、この世界が自分の思い通りに動いている
という、えもいわれぬ達成感が嬉《うれ》しかった。
というのも、これで開戦という事態が、さらに現実味を増した。度重なる失態を挽回《ばんかい》
しようと思うなら、もうラ・ファイエットには戦争しか打つ手がないからだ。
それも偶然の産物ではなかった。実際、ルイはパリ市長選では、ペティオンを応援し
ていた。マルーエはじめ、議会を下野した右派を巷《ちまた》に奔走させたり、あるいは王党派や、
そうまで極端でないにしても、保守系の新聞に因果を含めて、紙面で反ラ・ファイエッ
トを喧伝《けんでん》させたり、陰ながらにルイは大衆の操作を試みていたのである。
もちろん、ペティオンが好きなわけではない。ヴァレンヌからの帰路で馬車に同乗し
てきた無礼な男は、はっきりいって大嫌いだ。それでも応援したからには、ラ・ファイ
エットが落選すれば、すぐさま戦争に奔《はし》るだろうと、最初から計算があった。
――まさに、してやったりだ。
にんまり頬《ほお》を歪《ゆが》めそうな笑いを堪《こら》えて、ルイは続けた。
「しかし、まあ、戦争ですか。いや、正直なところ戸惑いを禁じえないのですが、ナル
ボンヌ・ララ伯爵、その戦争と仰《おっしゃ》るのは、なにか具体的な作戦まで用意なされたうえ
での話なのですか」
「恐れながら、小生の至らぬ構想ばかりは」

ルイは無言で先を促した。ナルボンヌ・ララ伯爵は始めた。

「十一月二十九日の議会で、フランスからの亡命者を受け入れているトリア、マインツの両大司教選帝侯はじめ、神聖ローマ帝国領内のドイツ諸侯に対して、その国境近くで容認している亡命者の集会と兵籍登録を直《ただ》ちに止《や》めさせるよう、王に勧告させるべきだ、との決議が出ました」

「ふむ、確かに出ましたな」

ちなみにトリアならびにマインツは、ロレーヌ国境の東、ルクセンブルクを挟んだ、さらに向こうのドイツ側に連なっている、古い大司教領である。

「そのトリア大司教選帝侯クレメンス・ヴェンツェル・フォン・ザクセンなど、よろしいかと思います」

「よろしい、というのは」

「交戦の相手として、でございます」

ナルボンヌ・ララ伯爵のいう意味はわかる。トリア大司教というが、フランスと違い、その教会管区は事実上の独立国である。選帝侯というように、皇帝を選出する権利を有した領邦君主のひとりが、トリア大司教なのである。

「大司教選帝侯に敵を限定するならば、フランスにも十分に勝機があります。未《いま》だ財政再建途上であるとはいえ、短期決戦ならば十分に戦いうるかと」

「要するに小さな戦争と、そういう理解でよろしいですか」

「いかにも。なるだけ小さな戦争で、なるだけ大きな利益を得ようというのです」

「なるほど」

そう微笑で受けながら、内心でルイは思う。がっかりだ。いくら好戦的な部類でも、そこは穏健なフイヤン派の一党であり、このあたりが限界と心得るべきだろうか。

このまま、まるく収めたい。なんとかして、収めたい。要するに現状維持が、フイヤン派の精神である。

最も戦《いくさ》に逸るラ・ファイエットを考えても、失態を取り戻したい、なんとか地位を守りたいと、それだけの話なのであり、さらなる前進であるとか、新しい局面の開拓であるとか、建設的といえるような発想は皆無なのだ。

ましてや、三頭派に従うフイヤン派の大半となると、ジャコバン派を黙らせることさえできれば、もう満足してしまう。

──戦争を考えつくだけ、ナルボンヌ・ララは合格というべきなのか。

とも、すぐにルイは考えなおした。もとより、戦争は水物である。限定的かつ短期的な、なるだけ小さな戦争で、なるだけ大きな利益を得ようなどと、都合のよい話は容易に通らない。いったん開戦してしまえば、それを小さくまとめることなど至難の業《わざ》だ。反対に拡大させることには、さほどの困難もなかった。選帝侯を相手に始めた戦争であれ、それが神聖ローマ帝国の一角であるかぎり、皇帝の座にある者は無関心ではいられない。オーストリアの介入を呼びこむこととて、さほど難しい話ではなくなるだろう。

思い切りに欠けるとはいえ、ナルボンヌ・ララ伯爵には別な取柄もあった。

「戦争に勝利すれば、王家の威信も高まります。拒否権の発動や大臣の任免に留《とど》まらない、いっそうの復権も夢ではなくなろうかと」

陸軍大臣の言い分は、素直に認められるものではなかった。小さな戦争では、王家の威信など高まらない。どんな戦争に勝っても、今のままのフランスでは、国民が、あるいはその代表である議会が、自ら勝ち名乗りを上げるだけだ。やはり負けてもらうしかない。オーストリアの軍門に降《くだ》ってもらうしかない。フランス王家の復権は、そのうえでなければ図られない。

――ただ、今のフランスで、なお王家のことを考えてくれるのは、嬉しいかぎりだ。

考えるはずだった。ナルボンヌ・ララ伯爵家という旧家を継いでいるとはいえ、実の父親がフランス王ルイ十五世だからだ。母親が王女エリザベートの腰元だった女で、その美女を好色な祖父王は見逃さなかったというわけだ。

――年下ながら、私には叔父《おじ》にあたる。

議員となり、革命家となっている連中となると、さすがに知らないかもしれないが、それはヴェルサイユではまさに公然の秘密だった。隠しようがないというのも、伯爵ときたら文字通りの生き写しで、絶世の美貌《びぼう》を謳《うた》われた生前のルイ十五世そっくりではないか。

ナルボンヌ・ララ伯爵といえば、我儘《わがまま》な二人の叔母たち、マダム・アデライード、マダム・ヴィクトワールの、物議を醸したローマ行《こう》に同道したことでも知られるが、なんのことはない、これまた血のつながった姉弟だからだったのだ。

――そういう身内で内閣を固める。

憲法に国王大権のひとつとして、大臣の任免権が認められているかぎり、そんな人事も罷《まか》り通る。左の革命家どもなら、反動的な暴挙と騒ぐであろうそういった真似《まね》とても、憲法が保証している正当な権利なのである。

ルイは笑顔も新たに、うんと大きく頷いてみせた。それではナルボンヌ・ララ伯爵、陸軍大臣としての初仕事です。

「トリア大司教選帝侯に向けて、最後通牒《さいごつうちょう》を書いてもらえますか」

「人民の代表たる朕は人民が被《こうむ》るであろう不法を鑑《かんが》み、トリア大司教選帝侯に対して、来《きた》る一七九二年一月十五日以前に、トリアに亡命しているフランス人の集会とそれによる敵対行動の全てを、その領内において解散、停止させないならば、朕《ちん》は向後《こうご》トリア大司教選帝侯をフランスの敵と認定せざるをえないと、その旨ここに通達する。と、まあ、こんな感じでいかがでしょうか、陛下」

「うむ、悪くありません。その最後通牒を閣僚として、議会でも読み上げてもらえますか」

「承《うけたまわ》りましてございます」

やりとりに一区切りつけながら、なお簡単な話ではないだろうとルイは思う。最後通牒を議会が支持するかどうかは微妙だ。三頭派に従うフイヤン派の大勢《たいせい》が、なお反戦論で占められているからだ。これにナルボンヌ・ララ伯爵をぶつけて、開戦に踏み切るまで行けるかどうか。

――まあ、やれるところまでやってみよう。

最後まで煮え切らないようならば、そのときはフイヤン派にこだわる理由もないし、ともルイは心の奥のほうで続けていた。

最後通牒が議会に提出されれば、これで亡命貴族を打倒できると、諸手を挙げて歓迎するのは、むしろジャコバン派の連中であるはずだった。

一派は公然と主戦論を唱えているとも聞き、とするならば、この連中と結ぶことこそ、有効な選択肢のひとつというべきだろう。ああ、開戦に漕《こ》ぎつけることができるなら、共和政さえ唱えるという左派と結ぶことも私は辞さない。そして、そういう人事もフランスの王たる人間には可能なのだ。

――戦いようはある。

フランスの王であるかぎり、私は負けない。そう心に呟《つぶや》いてから、ひとつパリの冬空を眺望して、最後にルイは多くの共感を持てる肉親として語りかけることにした。ときにナルボンヌ・ララ伯爵、ヴェルサイユが懐かしくはありませんか。来夏とはいわないまでも、再来年くらいには、是非にも避暑に下がりたいものですね。

26――反戦論

「さあ、戦争だ」

素頓狂《すっとんきょう》な声を張り上げ、ロベスピエールが始めていた。ええ、戦争だ、戦争だと、宮廷が、大臣が、あるいは無数の取り巻きたちが叫んでいます。のみならず、寛大な精神ゆえに愛国的熱狂に絆《ほだ》されやすくなりながら、善良な市民の多くも同じように、戦争だ、戦争だと繰り返している昨今です。

「それは圧倒的な声だ」

まさに有無をいわせない。そう続けて、打たれたように俯《うつむ》いてみせたものの、その種のわざとらしい演技も含めて、ロベスピエールには迷いがなかった。

ジャコバン・クラブであるとはいえ、壇上で論じる姿が様になるのは、さすがの場馴《ばな》れというべきか。大抵は無視されたとはいえ、そこは議会で何度も演説している元議員の強みなのか。

――在野が専《もっぱ》らだった僕には、ちょっと真似《まね》できないな。

と、デムーランは感心した。旧友であり、学校の先輩でもある男の仕事ぶりを、その日ばかりは手放しで認めたかった。負けたくないと敵愾心《てきがいしん》が疼《うず》くより、素直に拍手を送りたい気持ちのほうが先だった。

ロベスピエールは続けた。

「実際のところ、あえて戦争に反対する人間などいるでしょうか。いや、いません。私を含めて、ただのひとりもおりません」

敗北を認めたようでありながら、そうでない証拠に直後に顔が上がっていた。とはいえ、この私のことをいえば、現下の世論に阿《おもね》ろうとか、支配的な勢力に擦《す》り寄ろうとか、そんなことを考えているのではありません。かわりに、なかなか見えにくいながら、実相を吟味すればいっそう正しいとされるべき筋道を、今また問いたいと思うのです。

「ええ、私も戦争を欲しています。しかし、国民の利益として望まれる戦争だけです。すなわち、まずは国内の敵を屈伏させなければならない。かかる大目的を達成した暁に、まだうるさくしていたなら、ええ、そのときは外国の敵と戦う道に躊躇《ちゅうちょ》なく進みましょう」

つまり、第一に内の敵、第二に外の敵というのが、正しい筋道なのです。そうまとめて、ロベスピエールが叫んでいたのは、結局のところ反戦論だった。

外国を相手に戦争など始めるべきではない。軍隊は戦える状態にない。なにより、まだフランスは内なる敵を抱えている。わけても宣誓拒否僧は危険であり、これを掃討しないことには始まらない。

持論を唱え続けるロベスピエールが、ジャコバン・クラブの演壇に登ったのは、最初が十二月九日のことだった。

オーストリア皇帝はフランスに干渉するための諸国同盟を構想している。それが完成する前に、さしあたり亡命貴族を集めていると噂《うわさ》のリエージュあたりを狙《ねら》って、こちらから侵攻するべきではないか。そう主張した会員カラに反論したのが、そもそもの始まりなのだ。

「防衛戦争というのなら、聞く耳を持たないわけではありません。しかし、亡命貴族が集合しているからと、ただそれだけの理由でこちらから攻め入るのは如何《いかが》なものか。さんざ関与が取り沙汰《ざた》されておりますが、諸外国の君主たちとてフランスに侵攻しようとするより、今の段階では単に脅《おど》しをかけているだけなのではないでしょうか」

激しい口調で論破にかかったわけではない。苦言程度にすぎなかったが、それでもロベスピエールの発言は衝撃をもって受け止められた。

言葉通りに誰ひとりというわけではないながら、反戦論などほとんど唱えられなかったからである。少なくともジャコバン・クラブでは、そうだったのだ。

とはいえ、反戦論も苦言程度で、ほんの一度だけというならば、数日サン・トノレ界隈《かいわい》の話題になって、それで終わりになっていたかもしれない。議員でなし、法案にできるでなし、クラブでの反論だけなら一時は響き渡っても、そのうち音無しになる。簡単に忘れられるだろうと、みくびる向きも実際ないではなかったが、それらをロベスピエールは大いに慌てさせていた。十二月十一日、十二日、十四日、十六日、そして今日十八日と、小さな身体《からだ》でジャコバン・クラブの演壇に登り続けたからだ。しかも中身を今も繰り広げられるような、本格的な反戦論に発展させていったのだ。

――主張は僕も同感だ。

反戦論については、デムーランも全く同意見だった。それはダントンも、マラも同じで、コルドリエ・クラブの筋は大方が反戦論でまとまっていた。良識ある人間なら当たり前の判断だ。こうも繰り返されるまでもなく、ロベスピエールの主張は支持されるべきなのだ。が、それでも追いつかないくらいだから、世のなかは厄介なのだ。

――世論は今や戦争に逸《はや》っている。

オーストリアのレオポルト二世、プロイセンのフリードリヒ・ヴィルヘルム二世の連名で、八月にピルニッツ宣言が出されたときは、民衆の怒りも観念的というか、どこか現実味がなかった。酒を飲んだときなどに諸外国のことを罵《ののし》り、つまりは憂さ晴らしの種にできるくらいの気分で、本当に戦争などできないのだと、きちんと理解していた節があった。それが、この年末に進むにつれて、奇妙な雰囲気になったのだ。

議会で亡命貴族が追及されたことで、国境の外側での活動もしごく危険なものとして俄《にわ》かに取り沙汰されるようになった。その筆頭ともいうべき王弟プロヴァンス伯、ならびにアルトワ伯が、二人ながら帰国拒否の声明を出したのが十二月三日だった。

革命に対する、あからさまな挑戦だ。いよいよ亡命貴族が決起する。そう空気が熱したところで、七日の入閣となった陸軍大臣が、かねて主戦派と噂されていたナルボンヌ・ララ伯爵である。

続く十日、今度はレオポルト二世が神聖ローマ皇帝として、アルザスに領地を有するドイツ貴族の保護を宣言した。

ほとんどのフランス人が憤然とした機を捕えたかのように、十二月十四日、ナルボンヌ・ララ伯爵起草の最後通牒《さいごつうちょう》が議会で読み上げられた。戦争は亡命貴族を匿《かくま》うトリア大司教選帝侯を相手に行われるような話になった。

様々に論じられてきた戦争が、あれよという間に具体化していた。トリア大司教選帝侯が相手で、しかも短期決戦ということなら、今のフランスにもできると、人々は強気になってもいた。さらに数日を経て、今やパリの巷《ちまた》には、真冬の界隈さえ水蒸気で曇らせる、開戦前夜の熱狂のような空気まで看取されていたのだ。

――こんな時勢のなかで、声高に反戦を叫ぶ。

ロベスピエールの声は少しも変わらなかった。

「ええ、私は諸君らに問いたいのです。そもそも我々が念頭に置くべき戦争とは、どのようなものなのかと。ある国民が他の国民に対して行うものでしょうか。それとも、ある王が他の王に対して行うものでしょうか。いずれも否《ノン》です。断じて否です。それはフランス革命の敵を、フランス革命が打倒する戦争でしかありえないのです」

「そのような言葉遊びに意味などあるまい。フランスが危機に曝《さら》されていることに変わりはあるまい」

「そこなのです。その危機を取り違えてしまいがちになっているから、私は言葉にこだわりたいというのです」

「なにも取り違えていないぞ。現にフランスの敵は……」

「革命の敵です。憎むべきは革命の敵なのです。なかでも最も多勢で、最も恐るべき輩《やから》は、果たしてコブレンツにいるそれでしょうか。これまた断じて否です。最大の敵はフランスに、つまりは我々の狭間《はざま》にいるのです」

「もしやマクシミリヤン・ロベスピエールという名前か。なるほど、尊い戦争を悪《あ》しざまに扱《こ》き下ろして、まさに革命の敵、最大の非国民だ」

「それとも、ただの女の子か。怖くて、怖くて、戦争のことなんか考えられないというわけか」

雨霰《あめあられ》と野次が浴びせられ、嘲弄《ちょうろう》の大笑いで括《くく》られた。

はっきりいって、ロベスピエールは孤軍奮闘の体《てい》だった。

「フランスが蹂躙《じゅうりん》されても平気なのか」

「そうなれば、自動的に革命も侮辱されるぞ」

「おまえには祖国に対する愛がないのか」

この数日、通りを歩くだけで、そんな風に面罵《めんば》されることがあるという。それでもロベスピエールはやめない。演壇に立ち続けて、今このときも演説を切り上げる様子がない。信念だからと決して黙らず、主張を後退させることすらしないから、デムーランは素直に感心せざるをえないのだ。

――すごいな。

いや、ただ吠《ほ》えるだけならば、自分にもできないではないのかもしれなかった。正論を正論として、一方的に吐き続ける。野次くらいは叩《たた》き返されるかもしれないが、それなら応戦のしようもある。それでも、なのだ。

デムーランは集会場に目を移した。演壇に野次が投げ出されるのは、主としてその塊《かたまり》からだった。

一群に取り囲まれる体なのが、今やパリ市長であるペティオン、さらにヴェルニョー、ジャンソネ、ガデ、デュコ、イスナールといった、立法議会の議員たちである。なかんずく、細長い顔が領袖《りようしゆう》然たる仰《の》け反《ぞ》り加減で腕組みだった。

――今日はブリソまでが来ている。

心のなかで馬面などとも呼んでみるが、そんな失敬口は声には出せなかった。ブリソは半年前のブリソと同じブリソではなかった。魁《さきがけ》の主戦論者だったからだ。開戦、開戦と盛り上がる大衆の声を背に受けて、今や飛ぶ鳥を落とす勢いなのだ。

その急成長には数の力で議会運営を有利に進めるフイヤン派さえ、もはや生半可な覚悟では立ち向かえないだろうと思われた。

なにせ、フランス中がブリソの味方なのだ。それを革命の十字軍と譬《たと》えるからには、いよいよ主戦論は宗教感情にも通じて、ブリソこそ現代の預言者、民主主義のイエス・キリストになりつつあるのだ。

――冒瀆《ぼうとく》することは許さない。

そういきり立つ輩が絶えないのだから、さすがのフイヤン派も対応に苦慮するのだ。議会で演説しているところに、迂闊《うかつ》に野次でも飛ばそうものなら、傍聴席に身構える人々に大騒ぎをもって報いられる。怒れる民衆は勢いあまって論敵に私刑すら加えかねない、ある種の危うさまで感じさせている。冒瀆した輩を誅《ちゆう》して死ねるなら、それも一種の殉教なのだといわんばかりで、もはや主戦論者は狂信の域なのである。

——正面きって反論など唱えては、なにをされるかわからない。
そういう男をロベスピエールときたら、とうとう怒らせてしまったのだ。

27――論争

ジャック・ピエール・ブリソが自《みずか》ら演壇に進んだのは二日前、十二月十六日のジャコバン・クラブだった。

叫ばれたのは、もちろん主戦論である。

「ええ、国境のすぐ向こう側には現実の脅威があります。我々が迫られているのは応戦にすぎないのです。それさえ嫌だというならば、あとは自らヨーロッパの玩具《おもちゃ》になる覚悟を、それも暴君たちの手にかかるわけですから、最も悲惨な玩具になる覚悟を決めるしかないでしょう。それでもフランスが滅亡するよりマシだ、ですって。いっておきますが、恥辱に塗《まみ》れた国民など、もはや存在しないも同じですよ」

さすがは預言者であり、満を持して発せられたブリソの声は、まさに圧倒的だった。

集会場は一瞬にして、主戦論の一色になった。ロベスピエールが孤軍奮闘の体《てい》だというのは、ジャコバン・クラブも決して中立でなく、ここでも主戦論で大勢《たいせい》が占められるからなのだ。

それでも物怖《ものお》じすることがなかった。その場で決議の延期を申請しながら、ロベスピエールは二日だけ時間が欲しい、反対意見を小論にまとめてくるからと公言した。

そうした予告の言葉を違《たが》えず、今日十八日には紙片片手に登壇した。ペティオン、ヴェルニョー、イスナール、わけてもブリソが聞いている眼前で、堂々の反論を繰り広げてみせたのだ。

——そこはジャコバン・クラブが幸いしたか。

集会場の騒ぎ方も議会でみられるほどの迫力はなかった。基本的には会員しか入れないからだ。会費を払う余裕があるからには、なべて常識を弁《わきま》えた紳士ばかりで、教養も豊かなのだ。理性で引き止め、言動を無闇《むやみ》に上滑りさせることがない。

さらにロベスピエール自身の気分についていえば、我こそ代表、我こそ中心人物との自負もあったろう。ジャコバン・クラブは自分の場所だと、そうした思い込みさえ垣間《かいま》みられる昨今である。ここでなら反対意見も述べられると思う。ブリソやペティオンの一党に直《じか》にぶつけられるとも考える。それでも、である。

——一歩ジャコバン僧院を出れば、なにをされるかわからない。

実際のところ、門前で待ち伏せされていないとはかぎらない。反戦論が洩《も》れ聞こえるほど、怒りを募らせていないとはかぎらない。

二日前の十六日に、すでに予告されていた反論であるならば、こしゃくな小男めがと、最初から武器携行の輩《やから》までいるのかもしれなかった。すでに罵声は浴びせられているのだから、かかる脅威はロベスピエールとて感じていたはずなのだ。

――下宿を移して、怖いものがなくなったか。

ロベスピエールの下宿は、指物師《さしものし》モーリス・デュプレイの屋敷だった。サン・トノレ街に構えられた屋敷であれば、ジャコバン・クラブからは数分の距離しかない。仮に誰かに襲われても、全速力で駆ければ、下宿に逃げこむことができる。あのシャン・ドゥ・マルスの虐殺の夜でも、まんまと逃れることができたのだからと、この新しい環境にも臆病《おくびょう》な小男は随分な自信を持っているようだった。

「それでも無茶はするな、マクシミリヤン」

十六日から今日までの二日間、実際にデムーランは何度も窘《たしな》めたものだった。が、当人には、意外なくらいに緊張している様子がなかった。

「いや、意見が対立しているなら、むしろ理想的な状態というべきさ」

ロベスピエールは考え方まで開陳したものである。ああ、意見が対立しているからこそ、建設的な議論ができるのさ。ともにフランスのことを考えているわけだからね。真剣に考えたうえで、意見が対立しているわけだからね。

「政策論争を徹底することができれば、さらなる上策に昇華させられないともかぎらない。それこそ議論の作法なんだと、これもミラボーの教えのひとつさ」

「ミラボーの……」

「ああ、そうだ。そして他でもない、議論を戦わせるために設けられた場所こそ、このジャコバン・クラブなわけだろう」

「しかし、ブリソたちは……」

「ジャコバン・クラブの会員さ。だからこそ、ここの演壇で話し、かつまた議論にも参加してくれる。ああ、真剣な議論ができることこそ、真実の仲間であることの証明なのだと、それが私の考え方だ」

本当にそうだろうかと、こちらのデムーランは首を傾《かし》げないではいられなかった。

ミラボーを持ち出して、確かに議論の作法ということでは、そういう話もあったかもしれない。が、ミラボーなら今のブリソやペティオンを仲間だなどと思うだろうかと、そのあたりは疑問なのだ。ああ、いくらなんでも、正論すぎる。ああ、甘いよ、マクシミリヤン。というのも、おおよそ二カ月というもの、ブリソはジャコバン・クラブに顔さえ出していなかったんだぞ。

事実として、足が遠のいていた。立法議会の議員に当選してから、ブリソは会員であることすら忘れてしまっている体で、それこそ主戦論を唱えた十二月十六日が久方ぶりの出席だったくらいだ。

ペティオンにいたっては、サン・トノレ街にさえ顔をみせない。グレーヴ広場のパリ市政庁に出勤しなければならないからだが、テュイルリ宮調馬場《マネージュ》付属大広間の議会に通う議員会員たちまで、ごくごく近所のジャコバン・クラブに寄りつかないのだ。ヴェルニョー、ガデ、ジャンソネ、デュコといったような、出身県にちなんで一部で「ジロンド派」と呼ばれるような面々など、ボルドーから上京したきり、ジャコバン僧院には数えるほどしか来ていない。ボルドー者らしい高慢さで、会っても挨拶《あいさつ》ひとつ寄こさないので、一体どこが会員なのだと思うくらいだ。

「それで真実の仲間といえるのか。形ばかりジャコバン・クラブの会員だからといって、なんの証明になるわけでもないだろう」

そうデムーランが抗議すると、なおロベスピエールは頑張った。いや、カミーユ、頻度の問題じゃない。毎日のように来ていても、無駄なお喋《しゃべ》りばかりじゃ、それも困る。要は実質的な参加があるか、ないかさ。

「事実、十六日にはジャコバン僧院に来たではないか」

きちんと演説したではないか。十八日には私の反論も聞きに来るという。議論に参加するなら、それを幽霊会員とはいえまい。そうロベスピエールは返したが、これについても、デムーランの捉《とら》え方は違っていた。

反戦論など相手にするにも値しないと、はじめブリソは無視するつもりだったに違いない。その時点では当然ジャコバン・クラブに足を向けるつもりなどなかった。

ところが、ロベスピエールは執拗《しつよう》だった。反戦論そのものは敵ではないとしても、こちらの主戦論に異を唱え続ける、つまりは自分に逆らい続ける人間を、そのまま放置しているのでは、いよいよ時代の寵児《ちょうじ》ブリソさまの面子《メンツ》に関わる。一気に一蹴《いっしゅう》できるなら、それくらいの労は取ろう。議員ならざる相手であれば、議会で対峙《たいじ》できるでなく、場所がジャコバン・クラブになっても仕方がない。かくて渋々足を運んだというのが十六日の実際ではないかと、それがデムーランの観察なのである。

――議論したくて来たわけじゃない。

とうに仲間でなくなっていると、そうまでデムーランは思う。

――それが証拠に、ほら、出ていく。

ブリソが立ち上がっていた。それにペティオンも続いた。となれば、ヴェルニョー、ジャンソネ、ガデ、デュコ、イスナールと、次々に椅子《いす》を蹴《け》る勢いである。

ぞろぞろ出口に列をなして、一団ごっそり集会場から抜けてしまう。あとのジャコバン・クラブには、ロベスピエールの演説だけが響き続ける。

「今こそペティオン氏の卓見を思い起こしましょう。革命が最大の危機に瀕《ひん》した時期の話です。自らの支持者に向けた手紙のなかで述べられている主張です。氏は国民に訴えて、最初の立法府の最後の局面を侮辱した徒党を、きちんと厳罰に処するべきと……」

なお盟友と信じながら、名前を出して持ち上げても、パリ市長となった男の姿はそこになかった。またフイヤン派も外国より先に倒すべき敵ではないかと、ロベスピエールは共感に訴えようとしたようだったが、もとより立ち去る連中の耳に届くわけがない。

――無駄だよ、マクシミリヤン。

無駄なんだよと、デムーランはやはり無理にも説きたかった。自負心が強くある優等生が、他人の言など簡単に容《い》れるわけがない。そうは思いながら、いよいよロベスピエールが哀れに感じられてきて、忠告を寄せないではいられない気分だった。

28――迷い

ブリソやペティオンの一党も、フイヤン派の打倒を忘れているわけではない。デムーランとて、そのことを疑うわけではなかった。

――というより、疑いようがない。

ジャコバン派の勢いを盛り返し、のみかフイヤン派を守勢に回らせ、ときに五分《ごぶ》から先まで攻め入る勢いを示しているのは、ロベスピエールでも、クートンでも、はたまたダントンでも、マラでもなく、主としてブリソやペティオンの一党なのだ。

――それでも、いうことはおかしい。

ロベスピエールの反戦論は、ジャコバン・クラブにおける十二月十二日の演説から、その論拠のひとつに執行権不信を加えていた。

「戦争をするといって、その遂行《すいこう》を誰に任せるというのでしょうか。いうところの、執行権の行使者に、ですか。国の安全を、国の敵に、君たちを破滅させようとしている人々の手に、ぽんと委《ゆだ》ねてしまおうというのですか。なんということでしょう。どういう結果に運ぶかなんて、いうまでもない話じゃありませんか。ええ、我々が最も恐れるべきは戦争なのだと、それが自明の答えでしょう」

左派として、まっとうな危惧《きぐ》といえる。これに対するに、同じジャコバン・クラブで十二月十六日に打《ぶ》たれたブリソの演説は、こうである。

「執行権は近く戦争を宣言するでしょう。ええ、それが執行権の責務であります。向こうが責務を果たしてくれれば、そのときは諸君らも手を拱《こまね》いてはいられますまい。ええ、執行権の決定を直《ただ》ちに支持するべきです。万が一に執行権が諸君らを欺くことがあったとしても、そのときは人民がついています。なにも恐れることはありません」

なんたる楽観、なんたる健忘と、聞かされた刹那《せつな》のデムーランは絶句した。

ロベスピエールの発言は、いうまでもなくシャン・ドゥ・マルスの虐殺と、その後に続いた弾圧を踏まえたものである。執行権の行使者といった場合、それは第一義的には王であり、その内閣のことだが、そうした面々を陰から動かしているのが、フイヤン派なのである。

フイヤン派そのものは今のところは反戦の立場であり、であるからこそ主戦論のブリソは激しく対立しているようにみえる。が、その発言を精査すれば、フイヤン派の執行権を必ずしも責めない、ひいてはシャン・ドゥ・マルスの日曜日という過去を容認する、少なくとも不問に付すようにも聞こえてしまうのだ。

——虐殺の現場にいなかった輩《やから》は、やはり怒りも形ばかりか。

被害者意識に駆られながら、たちまち反感を抱《いだ》いてしまう自分の正義が絶対だとはいわないものの、やはりデムーランは憤慨せざるをえなかった。

今も閣僚の大半はフイヤン派だ。が、新しい陸軍大臣ナルボンヌ・ララなどは、かなり好戦的な主張も洩《も》らしている。フイヤン派全体としても、いつまで反戦を貫くものか、保証のかぎりではない。ひるがえって開戦に傾いたとき、この連中に戦争をさせてよいのか。武器を与えてよいのか。欺かれても、人民がついているからと、無邪気に気勢を上げてよいのか。

——執行権を信じろというならば、その総括のほうが先だ。

とも、デムーランは思う。シャン・ドゥ・マルスの虐殺から、さらに遡《さかのぼ》ることまでをして、きちんとけじめをつけさせて、はじめて主戦、反戦の議論に進むというのが本筋なのだ。

すなわち、国民を捨てて逃亡しようとしたルイ十六世を退位させること、少なくとも国王一家は誘拐されたなどという欺瞞《ぎまん》を退け、ヴァレンヌ事件について裁判を行うこと、これが実現しないうちは一歩も前には進めず、いや、あえて進むべきではない。

——なのに、ブリソやペティオンたちときたら……。

立憲王政ですらなく、すでに主張は共和政だなどと唱えながら、かたわらでは戦争を主張する。退位もさせず、真相も究明せず、それどころか玉座に居座るルイ十六世をフランスの執行権者と認め、これに武力を発動させるなら、つまりはヴァレンヌ事件は御《お》咎《とが》めなしということではないか。

フイヤン派と全く同じ結論だ。それでは共和政など遠いばかりか、立憲王政ですらなくなり、絶対王政に逆戻りする恐れさえある。武力を握ることで傀儡《かいらい》の身を脱し、王が自《みず》らの復権を図らないともかぎらないからだ。そうまで矛盾と欺瞞を感じざるをえないからこそ、デムーランは結論してしまうのだ。

――もう仲間ではない。

ブリソ派というのか、ジロンド派というのかは知れないながら、第二のフイヤン・クラブになるのは火をみるより明らかだった。

ジャコバン・クラブに顔を出そうと、議論に参加することがあったとしても、やはり仲間ではありえない。足繁《あししげ》く通われるほど、かえって警戒の念を強めなければならないのは、いっそう質《たち》が悪い話になるからだ。

――というのも、このままじゃあ……。

逆にジャコバン・クラブをのっとられるぞ。マクシム、君のほうが追放されてしまうぞ。旧友を窘《たしな》める言葉を呟《つぶや》き、それを冗談のように感じて苦笑してから、デムーランは今さらの怖気《おぞけ》を覚えた。

笑いごとではない。ジャコバン・クラブのなかにも、ブリソやペティオンの支持者は少なくない。なるほど、今のジャコバン・クラブの勢いを支えているのは、連中のほうだ。

役立たずは去れと、ロベスピエールの代表権が、冗談でなく剝奪《はくだつ》されてしまうかもしれない。そのときはコルドリエ・クラブとの共闘も、解消されてしまうかもしれない。

——だから、もう、はっきりと敵だ。

ああ、少なくとも僕には敵だ。そう心に確かめながら、デムーランは机上の紙片を凝視した。

深夜、もう日付が変わろうかという時刻だった。集会が引けて、それから右岸のジャコバン僧院を出発し、てくてく歩いて左岸の自宅アパルトマンまで戻ると、これくらいの時刻にはなってしまう。

雪にはならなかったが、十二月だけに夜道は凍える寒さだった。が、ひきかえの僥《ぎょう》倖《こう》か、静かだった。それこそ異様に感じられるくらいの静寂で、部屋に上がった今にして、なお蠟燭《ろうそく》の芯《しん》が燃える気配以外に、なんの音も聞こえてこない。

さすがのコルドリエ街も寝静まっていた。一緒に戻ったダントンやマラであれば、あるいは起きて、まだ読んだり、書いたり、あるいは飲んだり、食べたりしているのかもしれなかったが、尋常な人間ならば大都会パリでも夜には眠るのだ。

そうしろと勧めた通り、妻のリュシルも寝ていた。寝室を確かめたわけではないが、起き出してこないところをみると、待たずに休んだようだった。

――休んでいてくれて、よかった。

正直をいえば、起きて待ってなどいられたら気詰まりだった。妻の機嫌を取るというのでなくとも、ふたつ、みっつは言葉を交わさなければならないからだ。その程度の手間も億劫《おっくう》に感じるほど、今は自分の考えに集中していたいのだ。

デムーランは迷いに捕われていた。

――さて、こうなると、僕としては……。

なにをするべきか。今日までの展開を受けて、どんな方向をめざしながら、どういう活動を試みるか。

旧友の勇気に感心しているばかりでは始まらなかった。ロベスピエールを蛮勇がすぎるとか、あるいは呑気《のんき》の裏返しだとか、あれこれ窘める気持ちがあるならば、なおのこと自分はなにをするべきなのか、厳しく問わなければならなかった。ところが、真面目《まじめ》に取り組めば取り組むほど、デムーランはいっそうの迷いに捕われてしまうのだ。

今夜の結果をいえば、ジャコバン・クラブの論戦はロベスピエールの勝ちだった。いや、ブリソやペティオンの途中退場で議論にもならなかったからには、勝ちも負けもないようなもので、実際の雰囲気にせよ微妙だった。

ジャコバン・クラブも大半が主戦論で占められているからには、ロベスピエール氏にも困ったものだという空気が濃厚だったのだ。

さりとて困るのは戦争に関する議論だけであり、他の多くの問題についてロベスピエールが示している意見の数々は、なおクラブを代表するに足る卓見と考えられていた。代表の顔を立てないわけにもいかず、最後には勝利の決議がなされた。すなわち、今日十二月十八日の反戦演説の内容は、なるだけ多くの人間の耳に入れるべきものであるとされ、速やかに印刷の手続きが取られるべしと。

——あれは収穫だったたな。

と、デムーランは評価していた。一過性の演説で終わるのでは、せっかくの反戦論が惜しいからだ。演説を何度も繰り返すこと以上に、それが文字になるとなれば残りやすいし、広まりやすい。ひとつ世論に風穴を開けられれば、なんだ、なんだと多くの人間に手を伸ばされ、何人に何度でも好きに読み返してもらえる。

新聞屋の強みも、そこにあった。だから、僕も急いで印刷に回そう。

——ひとつには『フランスとブラバンの革命』、十二月二十五日発刊予定号。

デムーランも自分の活動を続けていた。十二月二十五日号に書き連ねたのは、もちろんデムーラン式の論法で繰り広げる反戦の主張だった。

果たして公《おおやけ》にしたものだろうか。活字にしたが最後で、パリの人々に私刑を加えられるんじゃないか。そんな風に臆病《おくびょう》に駆られないではなかったが、今日のロベスピエール演説で心が決まった。ああ、僕も戦わなければならない。旧友に孤軍奮闘を強《し》いるまま、我身大事を優先させるわけにはいかない。

──いつまでも出来の悪い後輩じゃいられない。

もう馬鹿にされたくないと思うなら、また差を広げられるわけにはいかない。革命家の端くれとして、已が信じるところを公言しなければならない。そう自分に言い聞かせながら、デムーランは再びの迷いに捕われるのだ。目を『フランスとブラバンの革命』の原稿から、ついと右に動かしてしまったからだ。

卓上には、もうひとつ原稿が置かれていた。まだ完成していないが、その気になれば最後の推敲《すいこう》を施して、あとは清書するだけである。

小冊子の類《たぐい》だが、当然それも印刷に回すつもりで書いた。いや、書いたときは興奮して、絶対に世に問うてやる、皆の目を覚まさせてやると、大いに気勢を上げたものだが、ひとたび冷静さを取り戻すや、こんなもの、果たして公にしてよいものかと、ひどい後悔に襲われてしまったのだ。

──なんたって、『ジャック・ピエール・ブリソの仮面を剝《は》ぐ』だものなあ。

そう題してデムーランが書いたものは、すでにして議論とか、論争とか、そんなような穏やかな範疇《はんちゅう》に留《とど》まるものではなかった。

もちろん主戦、反戦の論点は設けられ、あるいは古代ローマの故事を引いた批評がありと、政治的論考の体裁も整わないではないながら、やはり中身は『ジャック・ピエール・ブリソの仮面を剝ぐ』なのである。

「革命前のブリソは警視総監ルノワールに雇われた密偵だった」

作家として反体制的な思想を世に問い、そのためバスティーユに投獄されたが、そのとき無罪放免とひきかえに懐柔された。魂を売り渡したブリソは、その後はラ・ファイエットにも買収されている。シャン・ドゥ・マルスの虐殺も実はブリソが黒幕だ。云々《うんぬん》かんぬんと書き連ねる小冊子は、一応の裏が取れた部分もあるからには告発であり、まるっきりの嘘《うそ》も少なくなければ中傷といえなくもなく、いずれにせよ、あからさまな個人攻撃だったのだ。

29――怖いくらい

――これを印刷してよいものか。

はっきり敵だというならば、躊躇《ちゅうちょ》するべきではなかった。ああ、手段を選んでなどいられない。遠慮などしている間に、こっちがやられる。

ところが、ことブリソに関していえば、デムーランが敵だと確信するだけで、まだ仲間の間にも共通の認識があるではなかった。

なんだかだといっても、ジャコバン・クラブの会員である。議論できる間は仲間なんだと、既知のようにロベスピエールは譲らない。

これがダントンとなると、きな臭いことは認めると、いくらか同調する風もある。とはいえ、はっきり敵とみなして、あからさまに矛を構えるのは、いくらか早計ではないかとも窘《たしな》める。

「ブリソとは実は昔馴染《むかしなじみ》のくせに、マラ先生なんかも随分な敵視だろう。そこにカミーユ、おまえまで右にならえとなると、そういうことだと思われちまうぜ」
「そういうことって、どういうことさ」

「つまりは三人とも新聞屋だってことさ。コルドリエ街の内輪《うちわ》揉《も》めで片づけられたら、なんとも詰まらない話だろう」

ダントンがいう意味はわかった。あれでブリソもコルドリエ街の住民であり、また界隈《かいわい》に集まる輩《やから》の御多分に洩《も》れず、『フランスの愛国者』という新聞の発行主なのだ。

「ブリソを認めたがらねえのは、同業の妬《ねた》みなんじゃねえかなんて、そんな風にはカミーユ、おまえだって勘繰られたかないだろう」

個人的な感情は努めて別にしなければならない。そこはデムーランも気にしていた。自分と変わらないと思っていた人間が、今や立法議会の議員であり、のみか議事を、さらには国政を左右する影響力を振るっている。その凡百ならざる才能については、以前から認めていたとはいえ、急激な台頭ぶりはあまりといえばあまりだった。ああ、出来すぎている。ああ、面白くない。

――それだからと書いてしまえば、ペンの暴力になる。

それを生業《なりわい》にするものとして、デムーランにも自戒がないではなかった。が、なお構うものかと思う気分もあるのだ。

ブリソにしても『フランスの愛国者』の紙上で、こちらの『フランスとブラバンの革命』に載せた記事を扱き下《こ》ろしていた。それが異論や反論ならば、紙上の討論ということで受けて立つのだが、しばしば不当な誹謗中傷《ひぼうちゅうしょう》なのだから、こちらも容赦してやるものかと思いつめる。

ところが、窘めるダントンは、こうも話を続けたのだ。

「だいいち、俺《おれ》たちの敵はフイヤン派だろう」

「…………」

「ブリソたちといがみあってる暇はないぜ」

その通りではあった。本気でフイヤン派を打倒するつもりなど、ブリソたちにはないのではないか。あるとしても、いっていることがおかしいぞ。そう考えているならば、いっそう自分たちが全力を挙げなければならなかった。ああ、他人任せにしておくつもりはない。シャン・ドゥ・マルスの片は僕たちでつけてやる。

――しかし、だ。

すでにフイヤン派は、はっきり敵になっている。これまでも敵、今も敵、これからも敵であり続けるだろう。

このフイヤン派の一件から教訓を読み取るならば、いざ袂《たもと》が分かたれたときには、もう手遅れだという理《ことわり》がある。権力まで握られてしまえば、向こうは弾圧という手段まで取りうる。フイヤン派が国王退位論など笑止とばかり、シャン・ドゥ・マルスに兵を差し向けたように、ブリソの一党だって仮に政権を取るような話にでもなれば、反戦論など喧《やかま》しいとばかり、あからさまな暴力で黙らせようとするかもしれない。

――そうなる前に手を打たなければならない。

ロベスピエールの反戦論ではないが、外の敵と戦う前に内なる敵を片づけなければならない。ブリソの一党を掣肘《せいちゅう》して、ジャコバン派の結束を固めないかぎり、フイヤン派を追い落とすことなど、夢のまた夢になる。

――だから、今のうちに……。

印刷に踏み切るべきだろうか。腕組みのデムーランは、むうと溜《た》め息を吐《つ》いた。道義的な問題もさることながら、いざ印刷して、うまくいくか、いかないかの問題もあった。『ジャック・ピエール・ブリソの仮面を剝ぐ』を公にすれば、まず間違いなくパリの話題になるだろう。ブリソの世評に傷がついて、主戦論が腰砕けになるならば、それは嬉《うれ》しいかぎりである。が、そうした成功が約束されているわけではないのだ。

ダントンが指摘したように、単なる私怨《しえん》で片づけられるかもしれない。その流れで反戦論そのものがブリソ嫌いの延長、なんの中身もない空論と軽んじられては、むしろ一歩後退という格好になる。あげくに反戦で固まるコルドリエ・クラブが敵視され、あるいはジャコバン・クラブのなかでもロベスピエールやクートンが失脚する羽目になるなら、ほとんど自殺行為という愚行だ。まあ、それだけ事が大きくなるなら、その前に無責任な煽動家《せんどうか》カミーユ・デムーランを処分しろとなるか。

それは怖くないと啖呵《たんか》を切れば、嘘《うそ》にならざるをえなかった。やはり、怖い。が、そこはデムーランも自分に言い聞かせていた。

――カミーユ、恐れてはならない。

ミラボー亡き今、まるごと全てを任せられるほどの革命家はいなくなった。仕方ない、我こそ革命家たろうと志したならば、発言し、主張し、訴えかけることを恐れてはならない。責められ、脅《おど》され、あるいは議会の場で告発されたり、官憲に逮捕されたり、果ては牢獄《ろうごく》に押しこめられたり、いや、それ以前に闇討《やみう》ちされ、あえなく命を落とすようなことになるとしても、決して恐れるべきではない。

「…………」

刹那《せつな》デムーランは後頭部に寒さを覚えた。なにかの動く気配が感じられた。とっさに背後を振り返れば、やはり部屋奥の闇に紛れて、ひらひら白いものが動いていた。

「誰だ」

「わ、わたしよ」

カミーユ、帰ってたのね。そう親しく続けられるまでもなく、鈴の音を思わせる声の最初の響きでわかった。蠟燭《ろうそく》の明かりのなかに進み入るのは、白い寝間着姿のリュシルだった。

デムーランは知らず止めていた息を解放した。努めて笑顔を作りながら、最初に心掛けたのは妻に謝罪することだった。

「あ、ああ、リュシル、ごめんよ」

「なにが」

「なにがって、ええと、大声出してしまってさ」

「ううん」

「それに寝ていたところ、どうやら起こしてしまったみたいだし」

「それは構わないんだけど……、カミーユ、いま忙しいの」

「いや、忙しくはないよ」

「そう」

いったん言葉を切ると、リュシルは躊躇の素ぶりをみせた。そのまま立ち尽くしたので、デムーランは椅子《いす》を勧めた。とにかく座ったほうがいい。うん、今夜も寒いね。うんうん、今まで僕が座っていたから、少しは温かいと思うよ。

デムーランが守るように肩を抱いて誘うと、妻は大人しく応じた。椅子に落ち着かせてから、なんでも聞くよという微笑と一緒に話の先を促した。さあ、リュシル、それで。

「実はね、カミーユ、あなたにも知っておいてもらいたいことがあるの」

「なんだい」

「大したことじゃないんだけど、一応は知っておいてもらいたいというか、それでも、そんなに気にしないでほしいというか」

「だから、リュシル、一体なんの話なんだい」

「というか、そんな大袈裟《おおげさ》にされても困るんだけど……」

「だから、なんだい」

「もう三カ月も来てないの」

「来てない？　なにが？」

「だから、あれが」

仄《ほの》めかしたきり、それ以上をリュシルは言葉にしなかった。

はじめデムーランは本当にわからなかった。もう三カ月も来ないというのは、もしや新聞の購読料のことなのか。契約していた売り子が持ち逃げしたとか、それで食費が足らなくなったとか。いや、それなら家計とは別か。リュシルが与《あずか》り知る話じゃないか。

――そうすると、あれというのは……。

デムーランは思わず眉間《みけん》に皺《しわ》を寄せた。とはいえ、あまりに話が通じないと、しばしばリュシルは怒り出す。ぐずぐずしている場合じゃないぞと、慌て加減で妻の顔色を窺《うかが》うと、こちらを睨《にら》みつけるどころか、なぜだか顔を俯《うつむ》かせている。

その頬《ほお》が赤らんでいた。なんだか恥ずかしそうだ。けれど、なにを、そんなに恥じるという……。

「えっ、なに、もしかして」

盗みみるような見上げ方で、リュシルは小さく頷《うなず》いた。そう、できたみたいなの。

「もしかして、もしかして、僕らの子供かい」

赤い頬を伏せ、またリュシルは頷いた。そうしながら、夫の口から飛び出す歓喜の言葉を待つだろうことくらいは、デムーランとて理解できた。ああ、いきなりの話で動転してはいるんだけれど、それくらいの常識は僕だって弁《わきま》えている。

「ああ、なんてこと。信じられない。こんな幸せってあるだろうか。本当に僕らの子供が生まれるのかい。ああ、神さま、ありがとう。ああ、リュシル、ありがとう」

そうやって言葉にしながら、デムーランは椅子に屈《かが》んで、妻を抱きしめることもした。もちろん、嬉《うれ》しい。妻に聞かせた言葉も全て本心だ。ああ、幸せだ。心から愛する妻がいて、子供にまで恵まれるとなれば、幸せすぎて、ほとんど怖いくらいじゃないか。

――ああ、本当に怖い。

いよいよもって、怖くなった。幸福の予感に心が酩酊《めいてい》している間にも、デムーランの頭蓋《ずがい》のなかには同じ自問が変わらず居座っていた。『ジャック・ピエール・ブリソの仮面を剝ぐ』を刊行するか、それとも思い留《とど》まるか。刊行すれば、うまくいくか、いかないか。いかないときは、怖いことになるのか、それともならないのか。

30——来客

モーリス・デュプレイは常ならずも険しい表情だった。

拳《こぶし》で部屋の扉を叩《たた》かれたとき、こちらのロベスピエールはといえば、夕食の支度がととのった報《しら》せだとして疑わなかった。それも来たのはエレオノールあたりだろうと、勝手に零《こぼ》れようとする笑みを殺し殺ししながら扉に進んだだけに、いざ家主を迎えれば胸を衝《つ》かれざるをえなかった。

「ど、どうかしたのですか、デュプレイさん。なにか事件でも起きたのですか」

「そういうわけではありませんが、ロベスピエールさん、御客《おきやく》さんがみえられました」

来客だと告げられれば、こんな年の暮れにと、今度は首を傾《かし》げてしまった。

一七九一年も、もう十二月三十一日だった。今のフランス人には政治こそ最たる関心事であり、実際その日も議会が開かれたほどだったが、だからといって年末も年始もないわけではなかった。立憲派神父の執式にかぎるとはいえ、やはり十二月二十五日にはキリスト降誕祭が祝われたし、それから後は新年祝いの準備も進められていた。

わけても今夕は議会が引けて、ホッと一息という感じだった。十二月三十一日くらいはと、ジャコバン・クラブの集会も休みになった。今夜だけは食事を済ませて、それからまた出かけるという手間がない。ロベスピエールが何時《いつ》になく心寛《くつろ》がせたのも、そうした気分ゆえの話だったのだ。

――それは私だけではない。

ジャコバン・クラブ代表ロベスピエール、立法議会議員クートンと下宿させているせいで、デュプレイ家にとっても緊張続きの毎日になっていた。やはり束《つか》の間《ま》の休息という空気が流れていただけに、それさえ許されないのかと、眉間《みけん》に皺《しわ》を寄せたモーリス・デュプレイは、無言ながら不平を零しているようでもあった。

――それでも、客くらい来るだろう。

来たからと身構えなければならないわけではないだろうと、なおロベスピエールは釈然としなかった。

そもそも高《たか》が来客を告げるのに、おかみさんでも、娘たちでも、息子や甥《おい》や住みこみの弟子たちでもなく、家の主人自《みずか》らが下宿人の部屋まで足を運ぶという経緯からして、すでに異様だった。

しかもデュプレイ氏というのは、シャン・ドゥ・マルスの虐殺が起き、続いて問答無用の弾圧が行われ、そんなときにも追われる身柄を匿《かくま》おうと申し出てくれるほどの、いわば気丈な気骨者なのだ。

おいそれと臆《おく》するような玉ではない。滅多なことでは、こんな追い詰められた顔にはならない。やはり解《げ》せずにいたのだが、客の名前を告げられると、一発で納得できた。

「バルナーヴですって」

告げられた名前を復唱すれば、とたんロベスピエールにも身構える気分が生じた。いや、モーリス・デュプレイのような強心臓の持ち主でなし、それも単なる気分の問題には留《とど》まらなかった。急に呼吸が浅くなる。がちがちに肩に力が入ってしまい、それをどうすることもできない。なんとなれば、やってきた珍客はバルナーヴなのだ。

――この私に全体なんの用がある。

自問すれば、ぞっと鳥肌まで立った。なお大袈裟《おおげさ》なとは思いながら、ロベスピエールは命の危険さえ思わないではいられなかった。

なにせ相手はデュポール、ラメットと共闘する三頭派の一角、フイヤン派の指導者のひとりなのだ。つまりはシャン・ドゥ・マルスの虐殺をひき起こし、問答無用の弾圧を強行した首謀者に他ならないのだ。宮廷と通じながら、国王誘拐事件などをでっちあげ、ヴァレンヌ事件を不問に付した張本人でもあるバルナーヴが、自ら訪ねてきたというのだ。

再び弾圧ではないだろう、とは請けあえなかった。ロベスピエールには思いあたる節もあった。

――恨まれる理由はある。

十二月二十五日のジャコバン・クラブで、ロベスピエールはフイヤン派を攻撃する演説を試みていた。

フイヤン・クラブは集会を公開制にして、俄《にわ》かに支持者を増やそうとしている。これらを動員して、パリに騒擾《そうじょう》を起こし、それをジャコバン・クラブはじめ、他の愛国的クラブのせいにして、こちらの信頼失墜、支持者激減へと運び、あわよくば解散に追いこみたい腹である。パリ市長についても、大衆が応援しなくなるよう、あれこれ策謀を巡らせている。そんな風にあげつらって、かかる動きが実際みられないわけではなかったが、その真偽については完全に確信あるでもなかった。

――私が感じた恐怖は後ろめたさの裏返しか。

いや、違うと、ロベスピエールは直後に自分を立て直した。ああ、私の攻撃は理由のある話だ。謀略など練り上げる暇がないよう、先に、先に牽制《けんせい》しておかなければならないくらい、フイヤン派は油断ならない相手なのだ。

――なかでもバルナーヴは最大の敵だ。

玄関に迎えるや、ロベスピエールは一番に来客の背後をみた。国民衛兵を引き連れてきたのではないか、逮捕する気ではないかと、やはり警戒しないでいられなかった。

ところが、バルナーヴの背中にはサン・トノレ通りの往来があるばかりだった。兵隊の姿もなく、官憲の影もみられず、その日は秘書すら同道していないようだった。

ああ、特徴的な団子鼻の面相ひとつだけだ。それでもロベスピエールは念を押した。

「ひとりですか」

「ひとりです。ロベスピエール氏も嫌だなあ。私は平民出身ですよ。御付《おつ》きを連れて歩くほど、偉い人間ではありません」

そうした物言いに、刹那《せつな》ロベスピエールはカッとなった。身分は関係ない。いや、貧富の物差で新たな身分を作ろうとしているフイヤン派の、その指導者ともあろう男が口先だけで遜《へりくだ》るのでは、かえって嫌みではないか。

が、もう直後には印象が変わっていた。御付きを連れて歩くほど偉くない。頭の後ろを掻《か》きながらの微笑で口にされてしまうと、嫌みなはずの台詞《せりふ》も不思議と違和感がなかった。円《つぶ》らな感じの目には愛嬌《あいきょう》のようなものまであり、むしろ自然な印象なのだ。

——そうか、バルナーヴは若いのだ。

フイヤン派の指導者と思ううちに、ついつい忘れる。それでも、事実としてバルナーヴはこちらより三つ下、まだ三十歳を数えたばかりであるはずだった。ああ、一七八九年に革命に参加したとき、この男は弱冠二十七歳でしかなかったのだ。

必ずしも悪意ではない。そうは思い返しながら、それでもロベスピエールは正すべきは正さないではいられなかった。その口調が我ながら無様なくらいに硬いとしても、だ。

「貴族だからとて偉いわけでも、御付きを連れられるわけでもありませんよ」

「はは、その通り。さすがは原理原則の騎士、マクシミリヤン・ロベスピエール氏だ」

「………」

「そんな風に睨《にら》まないでくださいよ。私も今日のところは、敵として来たわけじゃないのですから」

そうバルナーヴは断りを入れた。目を細めた笑顔が無邪気で、今度は三十歳の青年にしても不自然だった。不自然というならば、なんだか話し方まで妙に軽い。無理に明るく振る舞っているようにもみえる。

「というか、敵であるわけがないでしょう」

と、バルナーヴは続けた。実際のところ、ロベスピエール氏、最近のあなたときたら、私なんか眼中になくなって、もう議論の相手もしてくれないじゃありませんか。

「ブリソたちとの論争のことをいうのですか」

確かめると、バルナーヴは当然だ、確かめられることのほうが解せないくらいだと、そういわんばかりの、やや驚きの混じる表情で頷《うなず》いてみせた。こちらのロベスピエールはといえば、とたん早口になった。

「ブリソやペティオンと論争している。そのことは間違いありませんが、あれは建設的に議論を深めているだけです。あくまで政策論争なんです」

「政策論争なんて悠長な言葉で片づけられる段階じゃないでしょう。だって、もう新年には戦争が始まりそうな勢いじゃないですか」

バルナーヴがいう意味はわかった。ブリソは攻勢を強めていた。ロベスピエールが試みたジャコバン・クラブでの反戦演説を受けて、十二月二十九日、逆襲の最初の舞台に選んだのが、こちらが手を出せない立法議会の議場だった。

「フランスは平和を愛する国です。しかし、戦争とて恐れるものではない。その名誉のため、フランスには戦争が必要なのです。財政を再建し、公的信用を再興させるため、さらに弾圧政治、裏切り、無政府状態に終止符を打つためには、対外的に安全たり、対内的にも静謐《せいひつ》たることが不可欠なのです。こたびの戦争は国民にとっての善だといえましょう」

議場の喝采《かっさい》をたっぷり聞かせた上で、翌三十日に試みられたのが、ジャコバン・クラブでの報復演説だった。

「打ち勝とうではないか。そうして我々の公的信用を、我々の財産を、今こそ再建しようではないか。さもなくば、逆に打ち倒されるだけだ。裏切り者のほうが勝利を確信し、もう罪は許されたと勘違いすることになるのだ」

駄目押しで国際政治の局面までが、ブリソの主張に説得力を持たせた。今日十二月三十一日の議会で、神聖ローマ皇帝レオポルト二世が表明した新たな所信が報告された。

「フランスの脅威に対して、トリア大司教選帝侯を守護する」

トリアはフランス王の名前で最後通牒《さいごつうちょう》をつきつけたばかりの領邦国家である。それを守ると、オーストリアの君主に宣言されたことで、いよいよ開戦の気運は高まる一方なのだ。

ロベスピエールとしては、危機感を強くした一日でもあった。冗談じゃない。このままじゃあ、本当に戦争が起きてしまう。フランスが破滅してしまう。そうまで思い詰めるなら、ブリソやペティオン、それにも増してヴェルニョーだの、イスナールだのといった新顔などは、文字通りの政敵に思えるときがある。

「しかし、それは……」

「ははは、まあ、そんなに深刻に取らないでください」

バルナーヴのほうは笑顔のままだった。朗らかな笑い声まで響けば、不自然と訝《いぶか》しがるより、不謹慎と腹を立てるほうが先になる。それでも相手は、お構いなしなのだ。

「いや、だってね、ロベスピエール氏。戦争なんて、そうそう簡単に起こるものじゃありませんよ」

「どうして、そう請け合えるのです」

「外国も馬鹿じゃないからですよ。トリアの大司教だって、オーストリアの皇帝だって、ろくろく自分の得にもならないような戦争を、あっさり始めたりはしませんよ」

発言は現下の政権を握るフイヤン派の一員、それも最高指導者のひとりの口から出たものである。水面下の外交活動で、そう断言するに足る手応《てごた》えは得られているのだろう。

そう解釈したロベスピエールは、ここは大人しく引き下がろうかとも考えた。が、さらに続けて、バルナーヴのほうが含みのある言い方だった。

「ええ、ええ、簡単には起こりませんよ。仮にフランスは馬鹿だとしても、ね」

「馬鹿なのですか、フランスは」

「馬鹿ではないと思いたいですが……」

「主戦論に沸き立つなんて、やはり馬鹿だと」

「はは、まあ、馬鹿といわざるをえないでしょう」

そう答えたとき、バルナーヴは真面目《まじめ》な顔に一変した。若さなど微塵《みじん》も感じさせない、まさに一派の指導者の顔だ。ええ、ロベスピエール氏、この私が敵ではないというのが、そこです。

「ですから、私も反戦論者なんです。あなたと同じように、かねて反戦を唱え続けて、一歩も譲らなかったのです」

ロベスピエールとて、それは違うというつもりはなかった。

31——同志

事実、バルナーヴこそ強硬な反戦論者の筆頭だった。反戦のフイヤン派でも、先頭に立ってきたといってよい。

それでもロベスピエールは、相手の理屈を素直には認められなかった。

「同じ反戦論じゃありません。まるで中身が違います」

「どう違います」

「フイヤン派の反戦論は保身のための反戦論だ。戦争によって、再び革命的気運が盛り上がるのは好ましくない。受動市民《パッシフ》が図に乗って、さらなる権利拡張を求めるようでは、ブルジョワの天下にならない。そう考えたうえでの反戦論なのでしょう」

「だとしても、真摯《しんし》にフランスを思うがゆえの判断です」

と、バルナーヴは断言した。ええ、ブルジョワを主たる支持基盤として、現下の立憲王政が護持されること、それこそがフランス国民の幸福なのです。

「それとも、あれですか。ロベスピエール氏も共和主義者ということですか」

「そうはいいませんが……」

「私の観察によれば、まだ人民にそこまでの実力はありませんよ。貴族や聖職者を排除して、なんとか王を勝利させることができる、つまりは立憲王政を成立させられるという、その程度の力しかない。ここで強引に共和政に移行しても……」

「そんな主張をした覚えはないのですが……」

「おや、ロベスピエール氏、最近のあなたときたら、なんだか言葉を選びますね」

「そ、そうですか」

「ええ、ずいぶんと選びますよ。まあ、それも賢い処世術なんでしょう。いったん声に出してしまえば、取り返しがつきませんからね、政治家というものは。いや、そのあたり、私のほうが馬鹿なんでしょうね。フランスのためと思えば、ついつい直言してしまい……」

そのまま言葉を続けられれば、さすがは議会随一の雄弁家と名前が高い人物だった。このままでは呑《の》まれてしまうと、ロベスピエールは慌て気味に答えを返した。いや、なにを、どう論じられても、私は納得しませんよ。ええ、フランスを思うというのは嘘《うそ》です。ええ、ええ、あなた方の政治はフランスのためにならない。

「というのも、あなた方ときたら、外の敵ばかりでなく、内の敵とも戦いたがらない。

国境の外に集まる亡命貴族だけじゃない。フイヤン派は宣誓拒否僧を追及しないじゃありませんか。あれこそ、革命の敵だ。体制の転覆を画策する獅子身中《ししししんちゅう》の虫だ。なのに野放しにして……」

「十一月二十九日の法案について、王が拒否権を発動した一件をいうのですか」

ロベスピエールは憤然たる顔のまま頷《うなず》いた。十一月二十九日の法案とは、未《いま》だ聖職者民事基本法を受け入れていない聖職者に「公民の誓い」を課す、拒否すれば国家反逆罪に問うと定めた、つまりは宣誓拒否僧対策の決定打である。

それをルイ十六世は認めなかった。十二月十九日、フランス王の名において、拒否権を発動した。

「けれど、そうせよと王に勧めたのは、私たちじゃありませんよ。もともと、あれはパリ県庁の訴えじゃありませんか」

と、バルナーヴは答えた。事実、十二月五日に声明を発表し、十一月二十九日の法案について拒否権を発動するようルイ十六世に請願したのは、形としてはパリ県庁だった。

「しかし、県庁の高官たちは、大半がフイヤン派じゃありませんか」

「おやおや、お怒りの様子ですね。しかし、ロベスピエール氏、それなら、もっと問題にすればよいじゃありませんか。ブリソたちと論争なんかしている暇があったなら、もっとフイヤン派を捕まえて、クラブでも、議会でも追及して……」

「戦争のことも重大な問題なのです」

「しかし、それは政策論争にすぎないのでしょう」

「…………」

「ほら、どうです、ロベスピエール氏。宣誓拒否僧の問題など無理に持ち出したところで、やはり現下の最優先課題は戦争なのです。その戦争についても、確かに互いに意見の相違はあるでしょう。けれど、少なくともブリソたちの考え方と比べれば、私のほうが遥《はる》かにあなたの意見に近い」

「そうですか」

それだけの言葉で受けて、ロベスピエールは自重した。こんな風だから言葉を選ぶといわれるのかもしれないなと、今さらハッとしながらも、軽々《けいけい》に続ける気にはなれなかった。

バルナーヴの思惑が、いよいよ判じられなかった。どういうつもりなのだろう。共感を押し売りするような真似《まね》をして、全体なにが狙《ねら》いなのだろう。私を味方につけたいというのか。味方につければ、どうにかなるというのか。

――まさか一緒にブリソたちをやっつけましょうと……。

それなら、できない。ジャコバン派の仲間を退けるなんてできない。それが違う道を選ぼうとしている仲間であれ、フイヤン派と結んで、その失脚を画策することなどできない。そう心で続ける間に、知らず敵愾心《てきがいしん》が表情に出たのだろうか。

こちらの沈黙にバルナーヴは肩を竦《すく》めた。再開したときには、もう無邪気な顔に戻っていた。まあ、よろしい。そうだ、違う。そうだ、違う。近い、近くない。近い、近くない。そんな風にやりあっても、仕方ありませんからね。ただロベスピエール氏、ひとつだけは納得してくださいよ。

「今日の私は敵として来たわけじゃない、それは嘘じゃありません。だって敵なら、こんな風に訪ねてきたりしませんよ。ほら、私には御宅《おたく》の下宿こそ、まるで敵地だ」

そう指摘されて、ロベスピエールは背後をみた。

デュプレイ夫妻、その三人の娘たち、息子と甥《おい》ということになる二人の少年、さらに下宿人のクートンまでが車椅子《くるまいす》の車輪を向けて、決して逸《そ》らさない目をこちらに注いでいた。

皆が緊迫の表情であり、なるほど、その険しさは今ひとりの下宿人を心配するというより、むしろ百年の恨みを抱《いだ》く怨敵《おんてき》でも睨《にら》みつけているようだった。

ロベスピエールは今さら慌てた。仮に敵ではないとしても、バルナーヴのような人物を迎えれば、自《おの》ずと政治を論じないわけにはいかなくなる。が、それも戸口でやりあうというのは、どんな理由があろうと変なものだった。

だいいち、玄関を開けたままでは、師走《しわす》の木枯らしが好きに吹きこんでくる。薪《たきぎ》を燃やして、せっかく温めた部屋が台なしになってしまう。

「わかりました。出ましょう」

と、ロベスピエールは答えた。直後の背中に動きがあり、エレオノールが駆け出したのだとわかった。恐らくは部屋に外套《がいとう》を取りにいってくれたのだろう。

その外套の襟を、ロベスピエールは外に出るや一番に立てた。もう暗い界隈《かいわい》に点々とするも、橙色《だいだいいろ》の明かりは頼りないものだった。ぼんやり輪郭を霞《かす》ませていたというのは、吹きすさぶ風が雪を孕《はら》んで、白く煙るようだからだった。

ひとたび色がつくや、なんだか風は自前の意志を持つ生き物のようにみえた。白い尾を引いて流れる様が、迷路のようなパリの通りを熟知して、自在に駆け回るようにみえるのだ。意図して狙い撃つかのように、ぶわと顔面に浴びせられたときなど、いよいよ悪意をさえ疑ってしまう。

――でなくとも、悪さばかりだ。

一七九一年は秋から天候が崩れていた。夏には豊作さえ噂《うわさ》されながら、いざ収穫を終えてみれば、今年も八八年を彷彿《ほうふつ》とさせる深刻な不作になった。

八九年に革命が起きる遠因となった、あの不作に比べられるというのも道理で、実際そっくりの動きが看取されている。

市場の穀物が不足し、同時に値段の高騰《こうとう》が起き、そうなると、誰かが買い占めている、わざと値段を吊《つ》り上げていると囁《ささや》かれ始め、つまりは誰かを吊るし上げて、怒りをぶつけないではいられないという荒《すさ》んだ気配までが、方々に散見されるようになったのだ。

「でしたら、パレ・ロワイヤルにしましょうか」

いいながら、バルナーヴはサン・トノレ通りに面する塀の間を通った。ええ、一七八九年クラブも引き払いましたから、ここなら中立地帯といえるでしょう。敵も、味方もいなければ、今度こそ忌憚《きたん》なく話すことができるでしょう。

中庭に並ぶ冬枯れの並木の向こうに、カフェの明かりが透けていた。回廊の屋根の下をすたすた進み、いざ卓を囲む段になると、バルナーヴが選んだのは露天のテラス席だった。火が焚《た》かれ、必要に応じては傘も開かれるので、冬でも一等席である。値段も高いが、それでも屋内には入らないという矜持《きょうじ》がカフェ通にはある。

——なんとなく、バルナーヴらしいな。

そう心に呟《つぶや》き、微笑ながらに腰を下ろして、それからロベスピエールは気がついた。バルナーヴが歩を進めたのは、カフェ・ドゥ・フォワの一席だった。

——あの日はデムーランがいた。

そこにミラボーと押しかけて、一緒に座った。やはりというか、カフェ・ドゥ・フォワのテラス席に座るとなれば、二年半ほど前の話を思い出さないわけにはいかなかった。ああ、一七八九年の七月だ。ミラボーに煽《あお》られて、ここでデムーランは演説を打《ぶ》ったのだ。そのままパリは総決起に踏み出した。とうとうバスティーユまで陥落させた。

——そして、このフランスに革命が起きた。

そのことを思い出せば、ロベスピエールは冷や汗を拭《ぬぐ》うような気分にも襲われた。あれには助けられた。かたやのヴェルサイユはといえば、完全に手詰まりだった。確かに議会は開かれ続け、それらしい決議も叫んでいたが、その実は建物のまわりを近衛隊《このえたい》に囲まれて、ぶるぶる震えているしかなかった。

そうした情けない自分の姿を取り戻して、ロベスピエールは再びハッとした。あのとき、かたわらには今と同じにバルナーヴの姿があった。ル・シャプリエ、ラボー・ドゥ・サン・テティエンヌ、ムーニエらと並んで、バルナーヴも一緒だった。ああ、間違いない。ああ、当たり前だ。国民議会を立ち上げたころは、このバルナーヴも確かに同志だったのだ。

——また友とも信じた。

ロベスピエール、バルナーヴでなく、マクシミリヤン、アントワーヌとも気安く呼び合い、「ブルトン・クラブ」を称しながら、ほとんど常に行動をともにした。

全国三部会の議員として選ばれて来たからには、ただヴェルサイユの物見遊山《ものみゆさん》では終われない。フランスをよくするために、行動を起こさなければならない。少なくとも特権身分の横暴に、あっさり屈してなるものか。そうやって血気に逸《はや》った、バルナーヴも有志のひとりだったのだ。

——それもドーフィネ出身と、鳴り物入りで乗りこんできた。

バルナーヴはムーニエと並ぶ、「屋根瓦《やねがわら》の日」の英雄だった。一七八八年六月七日、ドーフィネの人民はグルノーブル高等法院の蜂起《ほうき》を支持するため、弾圧に乗り出した軍隊に屋根瓦を投げつけた。事件は今にして革命の前哨戦《ぜんしょうせん》とも謳《うた》われるが、それというのも、続いてドーフィネ州三部会を開催したからである。

これが決定的だった。ひとつには全国三部会の召集を要求したことがある。もうひとつには第三身分代表議員の定数が他の議員定数の二倍、すなわち単体で聖職者代表議員、貴族代表議員を合わせた数と同じで、さらに決議は頭数投票でなされるという第三身分に有利な方式、いわゆるドーフィネ方式を採用したからである。

そこで先鞭《せんべん》がつけられていたからこそ、ヴェルサイユの全国三部会は迷わなかった。素早い変わり身で、特権身分と戦うことができた。

アルプス山麓《さんろく》の僻地《へきち》こそ、フランス革命の揺籃《ようらん》だったともいえる。この先進地が育《はぐく》んだ逸材こそ、アントワーヌ・バルナーヴという希代の革命家なのである。

32——去りゆく背中

「だから、ドーフィネに帰ることにしましたよ」

と、バルナーヴは始めた。えっ、なんですって。珈琲碗《コーヒーわん》に出しかけた手を止めて、ロベスピエールは聞き返さなければならなかった。ぼんやり思い出に浸っていたせいばかりでなく、言葉の意味からして取れなかった。

「ドーフィネが、どうしたんですって」

「だから、帰るんですよ。ドーフィネ州のグルノーブル、というか、イゼール県の県庁所在地グルノーブルにね」

「どうして」

「パリにいなければならない理由はありませんしね。とうに議員は失職しているわけですからね」

「そうですか」

受けて、ロベスピエールは別段どうでもなかった。ああ、なんという話ではない。

「そうですか。久方ぶりの帰省というわけですか。ええ、実は私も先月まで帰省していました。君なんかにしても、ずっと帰っていなかったわけでしょうから、うん、まあ、悪いことではありませんね。バルナーヴ、向こうには御家族もおられるんでしょう」

「いますよ、両親と妹が」

「うん、うん、それなら帰るべきだ。うん、うん、それで、どれくらいなんですか」

そう問いを続けると、バルナーヴは怪訝《けげん》な顔になった。よく聞こえなかったのかと、ロベスピエールは繰り返した。だからドーフィネには、どれくらい行っているつもりなのですか。

「パリに戻るのは、いつ頃になりそうですか」

「いや、いつ頃というか、なんというか、ははは」

「南フランスほど遠くになると、さすがに一月《ひとつき》、二月《ふたつき》で戻るわけにはいきませんか。あるいは半年ほどもパリを留守にするつもりですか。ああ、君ほどの大物となると、向こうでもフイヤン・クラブの支部が待ち受けていて、講演だの、懇親だので……」

「いや、ですから、ロベスピエール氏、私はドーフィネに帰るんです。パリの下宿を引きはらって、これきり田舎《いなか》に退こうというんですよ」

「しかし、それじゃあ……」

とっさに逆接で受けたものの、ロベスピエールは十全に理解したわけではなかった。なお半信半疑ながら、バルナーヴの発言を額面なりに嚙《か》み砕くだけで、さらに数秒の沈黙を要してしまった。

「向こうで政治はできませんよ」

それが再開の第一声だった。ええ、私も帰省したばかりだから、わかるのです。田舎では政治活動なんてできない。向こうを足場になんてできない。そりゃあ、ドーフィネとなり、グルノーブルとなれば、私の故郷ピカルディだの、アラスだのよりは、よほど先進的なのかもしれません。住民の政治意識だって、相当に高いのかもしれない。ええ、フイヤン・クラブの活動だって、きっと盛んなんでしょう。

「けれど、そこはやはりパリじゃないんです。思うような政治活動はできませんよ」

「してほしいんですか、フイヤン派の私に、今後も精力的な活動を」

「それは……」

「御心配なく、ロベスピエール氏、もう政治なんかする気はありませんから」

「えっ」

「だから、故郷に帰るというのは、政界から足を洗うという意味なんです」

俄《にわ》かに信じられる話ではなかった。啞然《あぜん》としたまま、ロベスピエールはうわ言めいた自分の声を聞くしかなかった。しかし……。どうして……。

「理由なんか、どうだっていいじゃないですか。ひとり政敵がいなくなれば、ロベスピエール氏、あなたにとっては……」

「先刻からの敵対的な態度については、ひとつ謝らせてほしい。いや、政治を止《や》めようが止めまいが、あなたがしてきたことには多分に罪があると思うがゆえは、敵でなくなったとはいいません。けれど、この場だけは敵も味方もなしにしましょう。そのうえで、後生《ごしょう》だから答えてほしい。というのも、まさしく敵も味方もない話なのです」

「なんだか、ごちゃごちゃした理屈だなあ」

「だから、バルナーヴ、君の才能は誰もが認めざるをえないものなのだ」

ロベスピエールは思わず声を張り上げた。仲間として語り合った、昔の口調に戻ってもいた。他の卓に集う客たちが一斉に目を向けたが、声を少し低くしただけで、構わずに先を続けた。ああ、真面目《まじめ》に聞いてくれ。

「政治家として君ほど将来を嘱望《しょくぼう》されている人間もない。それなのに、どうして止めてしまうんだ」

「買いかぶりですよ、ロベスピエール氏。私なんかには、さほどの才能もありゃしない」

「そんなことはない。随一の雄弁家という呼び声は、まさに偽りなしだろう。用意の原稿を持たずに演壇に登る話者なんて、亡きミラボーを除けば、あとは君くらいのものだ。

その場その場で話を組み立て、見事な演説を構成するなんて芸当は……」

「確かに頭は悪くないようですからね。けれど、ミラボーにはかなわなかった。いってしまえば、閃《ひらめ》きが足りないんです。致命的に直観力に劣るんです。あと、それから、行動力でも後塵《こうじん》を拝してしまうかなあ」

「だからといって……」

「卑下《ひげ》するつもりはありませんよ。かわりに私には秀でた分析力と、それに基づく構想力がある。それはミラボーなど寄せつけない力でしょう」

「だったら……」

「駄目なんです、それじゃあ。モンテスキューとか、ルソーとか、あるいはイギリスのスミスとか、その手の思想家になれそうな気もするけれど、この革命の現場じゃあ、私なんか結局通用しないんです。立ち回りが下手《へた》すぎるんですね。あまりに不器用で、手つきがみえすぎるんです。であるからには、自分の力など到底及ばない世界なのだと、いよいよ思い知ったのです。潔く退散しようというのが、今回の決断なのです」

「そんなことはない。だから、バルナーヴ、君は……」

「無責任な慰めはよしてください。ええ、非凡というなら、それくらいの見極めは自分でつけられますからね」

そうまとめながら、バルナーヴの顔から笑顔が消えていた。いや、頬《ほお》の歪《ゆが》みから笑おうとはしたらしいのだが、もはや打ちのめされた表情にしかならなかった。俯《うつむ》き加減で唇を噛んでしまえば、いよいよ絶望の相そのものである。

ロベスピエールは釈然としなかった。こうまで意気を落としてしまう理由も知れない。なんとなれば、立ち回りが下手であれ、あるいは手つきがみえすぎようと、まだまだ議会におけるフイヤン派の地歩は盤石《ばんじやく》であるはずなのだ。

単独で過半数は占められないながら、なお優位は崩れていない。高まる開戦の気運に押され気味であるとはいえ、まだ戦争が始まったわけでもない。にもかかわらず、どうしてバルナーヴは絶望しなければならないのか。

「もしや三頭派が決裂したのか。君やデュポールやラメットとの間に……」

「なにもありませんよ」

と、バルナーヴは答えた。ええ、アドリアンも、アレクサンドルも、君と同じようにドーフィネ行きを止めてくれています。ええ、三頭派が決裂したわけじゃない。

「ただ、そうだなあ、気に入らない連中は山ほどいるかなあ」

「それは……」

「ロベスピエール氏、あなたも気をつけてくださいよ」

そうバルナーヴに切り返されて、ロベスピエールは心を乱した。

「ブリソたちのことをいうのか」

とっさに返してしまってから、赤面した。これでは自己否定したも同じだ。主戦、反戦の議論は単なる政策論争じゃなくて、もはや政争なんだと自ら《みずか》認めたも同然だ。そう考えて、とっさに恥ずかしくなったわけだが、そこをバルナーヴは目敏《めざと》く突くではなかった。

「まあ、ブリソたちも嫌いは嫌いですね。ええ、連中のこともあります。ええ、ええ、ロベスピエール氏、あなたもジャコバン・クラブの仲間だなんて、そんな甘い考えは早いところ捨てて……」

「ちょっと待ってくれ。連中のこともあるというからには、ブリソたちの他にもいるのか、気をつけるべき相手は」

「そりゃあ、いるでしょう。だから、フイヤン派の野望は潰《つい》えたというか、早晩潰えざるをえないというか……」

「そ、そうなのか。いや、だって、まだフイヤン派は……。フイヤン派の未来が危ういとすれば、君がいなくなるからであって……」

「私がいても同じです。なんとなれば、問題は革命が続くということなのです。憲法があり、法治国家があるというのに、それに満足することなく革命は続き、のみならず、その制御不能な状態、まさしく無法な状態を上手に扱えると自惚《うぬぼ》れる馬鹿者が、これからも跡を絶たないということなのです」

「…………」

「とにかく、ロベスピエール氏、あなたも気をつけてください」

バルナーヴは最後は強引に切り上げた。それ以上の胸襟を開くつもりはないようだった。恐らくは語れば語るほど泣き言になってしまうと、そのことを危惧《きぐ》しているのだろう。言い訳だけはしたくないと、それが革命家としての最後の矜持なのだろう。

ひとつ頷《うなず》き、ロベスピエールは話を変えた。ええ、御忠告ありがたく拝聴します。

「ただ、ひとつだけ。それにしても、どうして私に」

「革命が続くからです。それを私は結構とは思いませんが、思わないなりに革命が続くのであれば、ロベスピエール氏、それを指導するべきは、あなただと思います」

「私など……。それほどの器では……」

「ははは、まさに器じゃないからですよ」

バルナーヴは立ち上がった。卓上にアッシニャ紙幣ならざる数枚の貨幣を置いて、勘定までさっさと済ませた。というわけで、お別れです、ロベスピエール氏。年明けにはドーフィネに発《た》ちます。つまるところ、お別れをいいにきただけなんです。

「左様《アデュー》ならと」

雪が降っていた。これから新年にかけて、パリは大雪になりそうだった。それでも同じサン・トノレ街の内だ。パレ・ロワイヤルからなら、下宿はすぐだ。

そう考えて、なにも案じないロベスピエールだったが、それでも覚悟せざるをえなかった。ああ、これからは大荒れになるだろう。一体なにが起こるのか、未《いま》だ詳《つまび》らかでないながら、今日までの体験をもってしても考えられないくらい大きな動乱が、きっとフランスを襲うのだろう。

——それでも、ああ、私なら逃げないよ。

自惚れるつもりはないが、馬鹿者ではあるようだからね。革命に絶望できるだけの器は、どうやらなさそうだからね。大才《たいさい》を謳《うた》われたバルナーヴの、静かに去りゆく背中を見送りながら、ロベスピエールはもう一杯だけ、苦い珈琲を飲んでいくことにした。

主要参考文献

・B・ヴァンサン『ルイ16世』神田順子訳　祥伝社　2010年
・J・Ch・プティフィス『ルイ十六世』（上下）小倉孝誠監修　玉田敦子／橋本順一／坂口哲啓／真部清孝訳　中央公論新社　2008年
・J・ミシュレ『フランス革命史』（上下）桑原武夫／多田道太郎／樋口謹一訳　中公文庫　2006年
・R・ダーントン『革命前夜の地下出版』関根素子／二宮宏之訳　岩波書店　2000年
・R・シャルチエ『フランス革命の文化的起源』松浦義弘訳　岩波書店　1999年
・G・ルフェーヴル『1789年―フランス革命序論』高橋幸八郎／柴田三千雄／遅塚忠躬訳　岩波文庫　1998年
・G・ルフェーブル『フランス革命と農民』柴田三千雄訳　未来社　1956年
・S・シャーマ『フランス革命の主役たち』（上中下）栩木泰訳　中央公論社　1994年
・F・ブリュシュ／S・リアル／J・テュラール『フランス革命史』國府田武訳　白水社文庫クセジュ　1992年
・B・ディディエ『フランス革命の文学』小西嘉幸訳　白水社文庫クセジュ　1991年
・E・バーク『フランス革命の省察』半澤孝麿訳　みすず書房　1989年
・J・スタロバンスキー『フランス革命と芸術』井上堯裕訳　法政大学出版局　1989年

・G・セレブリャコワ『フランス革命期の女たち』（上下）西本昭治訳　岩波新書　1973年
・スタール夫人『フランス革命文明論』（第1巻〜第3巻）井伊玄太郎訳　雄松堂出版　1993年
・A・ソブール『フランス革命と民衆』井上幸治監訳　新評論　1983年
・A・ソブール『フランス革命』（上下）小場瀬卓三／渡辺淳訳　岩波新書　1953年
・G・リューデ『フランス革命と群衆』前川貞次郎／野口名隆／服部春彦訳　ミネルヴァ書房　1963年
・A・マチエ『フランス大革命』（上中下）ねづまさし／市原豊太訳　岩波文庫　1958〜1959年
・J・M・トムソン『ロベスピエールとフランス革命』樋口謹一訳　岩波新書　1955年
・新人物往来社編『王妃マリー・アントワネット』新人物往来社　2010年
・安達正勝『物語　フランス革命』中公新書　2008年
・野々垣友枝『1789年　フランス革命論』大学教育出版　2001年
・河野健二『フランス革命の思想と行動』岩波書店　1995年
・河野健二／樋口謹一『世界の歴史15　フランス革命』河出文庫　1989年
・河野健二『フランス革命二〇〇年』朝日選書　1987年
・河野健二『フランス革命小史』岩波新書　1959年
・柴田三千雄『フランス革命』岩波書店　1989年
・柴田三千雄『パリのフランス革命』東京大学出版会　1988年

・芝生瑞和『図説　フランス革命』河出書房新社　1989年
・多木浩二『絵で見るフランス革命』岩波新書　1989年
・川島ルミ子『フランス革命秘話』大修館書店　1989年
・田村秀夫『フランス革命』中央大学出版部　1976年
・前川貞次郎『フランス革命史研究』創文社　1956年

◇

・Anderson, J.M., *Daily life during the French revolution*, Westport, 2007.
・Andress, D., *French society in revolution, 1789–1799*, Manchester, 1999.
・Andress, D., *The French revolution and the people*, London, 2004.
・Artarit, J., *Robespierre*, Paris, 2009.
・Bailly, J.S., *Mémoires*, T.1-T.3, Paris, 2004–2005.
・Bessand-Massenet, P., *Femmes sous la Révolution*, Paris, 2005.
・Bessand-Massenet, P., *Robespierre: L'homme et l'idée*, Paris, 2001.
・Bonn, G., *Camille Desmoulins ou la plume de la liberté*, Paris, 2006.
・Carrot, G., *La garde nationale, 1789–1871*, Paris, 2001.
・Chaussinand-Nogaret, G., *Louis* XVI, Paris, 2006.
・Claretie, J., *Camille Desmoulins, Lucile Desmoulins*, Paris, 1875.
・Dingli, L., *Robespierre*, Paris, 2004.
・Félix, J., *Louis* XVI *et Marie-Antoinette*, Paris, 2006.

- Gallo, M., *L'homme Robespierre: Histoire d'une solitude*, Paris, 1994.
- Gallo, M., *Révolution française: Le peuple et le roi, 1774–1793*, Paris, 2008.
- Gallo, M., *Révolution française: Aux armes, citoyens!, 1793–1799*, Paris, 2009.
- Hardman, J., *The French revolution sourcebook*, London, 1999.
- Haydon, C. and Doyle, W., *Robespierre*, Cambridge, 1999.
- Lever, É., *Louis XVI*, Paris, 1985.
- Lever, É., *Marie-Antoinette*, Paris, 1991.
- Lever, É., *Marie-Antoinette: La dernière reine*, Paris, 2000.
- Marie-Antoinette, *Correspondance, T.1–T.2*, Clermont-Ferrand, 2004.
- Mason, L., *Singing the French revolution: Popular culture and politics, 1787–1799*, London, 1996.
- Mathiez, A., *Le club des Cordeliers pendant la crise de Varennes, et le massacre du Champ de Mars*, Paris, 1910.
- McPhee, P., *Living the French revolution, 1789–99*, New York, 2006.
- Monnier, R., *À Paris sous la Révolution*, Paris, 2008.
- Ozouf, M., *Varennes, La mort de la royauté*, Paris, 2005.
- Robespierre, M. de, *Œuvres de Maximilien Robespierre, T.1–T.10*, Paris, 2000.
- Robinet, J.F., *Danton homme d'État*, Paris, 1889.
- Saint Bris, G., *La Fayette*, Paris, 2006.
- Scurr, R., *Fatal purity: Robespierre and the French revolution*, New York, 2006.

- Tackett, T., *Le roi s'enfuit: Varennes et l'origine de la Terreur*, Paris, 2004.
- Tourzel, L.F. de, *Mémoires sur la révolution, T.1–T.2*, Clermont-Ferrand, 2004.
- Vovelle, M., *Combats pour la révolution française*, Paris, 2001.
- Vovelle, M., *Les Jacobins: De Robespierre à Chevènement*, Paris, 1999.
- Walter, G., *Marat*, Paris, 1933.

解説

池上冬樹

　過去に多くの歴史小説家がいたし、いまもいるけれど、佐藤賢一ほど守備範囲の広い大きな作家はいないのではないか。

　たとえば、幕末・維新を題材にした『新徴組』（新潮社、二〇一〇年八月）。西洋歴史小説のパイオニアといわれる佐藤賢一であるけれど、織田信長は実は女だったという初の時代小説『女信長』に続いて二作目の、日本を舞台にした時代小説である。

　タイトルの新徴組というのは耳慣れないが、庄内の郷士清河八郎のよびかけに応じて集まった浪士たちが京都におもむき、そこに残ったのが近藤勇率いる新撰組であり、江戸にもどり江戸の警備・治安を守ったのが新徴組である。新徴組の組頭は沖田総司の義兄にあたる沖田林太郎で、近藤勇や土方とは長年のつきあいがあり、華々しい新撰組の活躍をみながら鬱屈する部分が多々あったのだが、やがて新徴組は庄内藩の預かりとなり、江戸から庄内に移り戊辰戦争を迎えることになる。この戦争における庄内藩内部の葛藤、堂々たる戦術、優れた駆け引きが実に読ませるのだが、なぜ佐藤賢一が幕末なのか、という思いがあるだろう。

もちろん庄内は鶴岡の先輩作家藤沢周平の著作を佐藤賢一は読みふけっているので、藤沢周平が清河八郎を主人公にした『回天の門』も念頭にあっただろうが、歴史小説家として方法とテーマをつきつめた結果なのではないか。

例をあげるなら、近未来のアメリカを舞台にしたロード・ノヴェル『アメリカ第二次南北戦争』。なぜ近未来なのかとうかがったら、〝今のアメリカや世界を描こうと思ったとき、今を書いてもどこかで聞いたような話で終わってしまって描きようがなかったんです。かといって、過去の歴史にスポットを当てると距離が開いてしまう。というと近未来に可能性があるかなと思ったんです〟という答えが返ってきた。

この返答からもわかるように、歴史小説を書く場合、どのようなアプローチがいちばん有効であるのか、何が現代の読者にとって身近な問題になりうるのかを（当然のことながら）考えぬいている。だから幕末ものの『新徴組』も、西洋歴史小説家が日本の時代小説に挑戦してみましたという単純な理由ではないだろう。『新徴組』を書いているとき、同時に佐藤賢一は何を書いていたのかを考えるといい。

そう、いうまでもなく、『小説フランス革命』である。フランス革命を書きながら、一方で日本の歴史の転換期をも題材にするというのは、いまの日本の作家では佐藤賢一以外に誰もできない創作活動だろう。

そんな作者に、同じ激変の時代を描くにあたって、何か共通するものはあるだろうか、またはフランスと日本で異なるものがあるのかと聞いたら、次のような回答を得た。

どちらも国を代表する変革の歴史ですから、やはり似ています。意外なくらい似ていると思いました。フランス革命も、明治維新も、旧来の支配階級、貴族とか武士といった連中が起こすんですね。その分だけ程を弁《わきま》えているというか、落としどころをみつけるのがうまいというか、あまり過激になりません。革命というより、大改革でしょうか。この大改革で、明治維新は終わると。ところが、フランス革命のほうは、途中から担い手が完全に民衆になってしまい、どんどん歯止めがきかなくなっていきます。共和政を宣言し、王を殺し、独裁を敷き、ギロチンの恐怖政治に突入しと、いわゆる革命になっていくわけです。明治維新は一段ロケット、フランス革命は二段ロケットといいますか、そういう違いはあると思います。その違いで、国民性も違ってきた、もともと違ったというより、大改革で済ませた日本人、革命までやったフランス人で違ってしまったと、そういう印象を持っています。(さくらんぼテレビ・ホームページ内「小説家になりま専科」所収『BOOK トピックス』vol.8「『新徴組』佐藤賢一氏〜誰でもが知っている歴史に絡んで、誰も知らない歴史が隠れている〜」http://www.sakuranbo.co.jp/special/topics/008.html)

このインタヴューの八ヶ月後に佐藤賢一は池上彰との共著『日本の1/2革命』(集英社新書、二〇一一年六月)を出し、そこで詳しく論を展開している。そこでも触れられているが、フランス革命時のフランスと現代社会はおそろしく類似している。実際、第一巻の『革命のライオン』を読んだ時は、正直驚いた。革命に至る十八世紀のフランスの状況、すなわち一七八八年のフランスが実に生々しいのだ。深刻な財政難のありさまがひじょうに現代的で、とてもおよそ三百二十年前の話とは思えない。国の赤字がどんどん膨らんで財政再建の論議が喧《かまびす》しくなるあたり、なんとも今日的ではないか。ましてや世界的に未曾有の金融危機にあるなか、EU諸国の国家が破綻に瀕《ひん》している状況を見るにつけ、この小説がリアルに思えてくる。明かに作者の念頭にあるのは、経済と国家が破綻の危機に陥っている世界的状況なのである。歴史小説とはいえ、必要とされるのは現代性なのである。それについても、尊敬するアレクサンドル・デュマをもち出して、あるインタヴューで次のように語っている。

歴史小説に出てくる人物を生かしたいのです。歴史の授業が退屈なのは、どんな人物もつまんないからなんですね。「こういう偉大なことをやった」「あ、そうですか」っていう感じで終わる。言ってみれば、歴史の授業で耳にする人物って、みな死んでると思うんです。文字通り過去の人だし。でも、そうやって死んでる過去の人に、デュマは命を吹き込み、小説の中で生き返らせた。それと同じことを僕はやりたい。どうやって命を与えるのかは僕の命題でもあるんです。

そのひとつの手段が、ヒーロー像の卑俗化、もしくは戯画化となるだろう。その手続きを踏むことで、佐藤賢一の小説では、歴史上の人物たちがごく身近な人間に見えてくる。直木賞を受賞した『王妃の離婚』がそうだが、佐藤賢一は民衆の視点で世界を見る。そこで自ずと諧謔《かいぎゃく》精神が発揮されて笑いのたえないユーモラスな物語になる。昔の英雄だってもっと人間臭いもんだぞ、という意識で書かれている。

それは『小説フランス革命』でも例外ではない。歴史上の人物たちが戯画化されて、何とも身近に感じられ、物語のふしぶしで微苦笑をさそわれる。シリーズも本書で九冊目となり、読みたくても一冊目から読み始めるのは苦痛という人がいるかもしれないが、そういう場合は、第七巻の『王の逃亡』から読めばいい。僕の持論でもあるが、面白いシリーズは、どこから読んでも面白いのだ。第一巻から読むのがベストだけれど、なに、第三巻や第五巻から読んでもいい。巻数がだんだんと増えてくると第一作から読むのが辛くなり、シリーズそのものを敬遠するようになるが、途中から読めばいい。優れた作家のシリーズ作品は途中から読んでも面白い。

具体的な例をあげるなら、北方謙三の『水滸伝』（全十九巻）など、どこから読んでも面白い。みながみな第一巻から読みはじめたとは思えない。何割かは、たまたま目にした巻から読み始め、そのあまりの面白さに前にさかのぼり、シリーズのファンになっているのではないか。複雑な人物関係がつかめなくても、簡単な人物紹介とそれまでの粗筋があれば、どこから読んでも血わき肉おどる物語で、引きずり込まれ、体が熱くなり、残りの小説も読みたくなる。

佐藤賢一の『小説フランス革命』も同じである。ホームページ（http://www.shueisha.co.jp/fr/index.html）なり、ほかの資料で多少のフランス革命の歴史を仕入れてから読めば、一気に作品の世界に入り込める。とくに最適なのが、第七巻の『王の逃亡』ではないか。タイトルにあるように、フランス革命のさなか、ルイ十六世が宮殿から逃亡をはかる物語である。一家で、真夜中に、王妃のマリー・アントワネットの顔色をうかがいながら国からでようと計画するのだが、その顚末《てんまつ》は？

この第七巻には、佐藤賢一の歴史小説の魅力が凝縮されている。まず、テンポよく軽快に進む物語の面白さで、国王の逃亡劇が疾走感あふれる筆致で捉えられている。

次に、軍神ゲクランの生涯を描いた『双頭の鷲』が顕著だったが、ヒーローの卑俗・矮小化《わいしょうか》で、読者と同じレベルの人間臭い存在感を作り上げている。国王といっても一人の男で、マリー・アントワネットがスウェーデン貴族のフェルセンと浮気をしているのではないかとうじうじ悩み、嫉妬が逃亡の過程で強まり、意外な行動をとることになる。

三番目は、『赤目のジャック』『王妃の離婚』でもめざましかったが、民衆のアナーキーなパワーである。虐げられてきた民衆の権力者への痛烈な罵倒と暴力が鋭く描かれ、体制など容易に倒すことができることを如実に示す。

四番目は、さきほどもふれた現代性で、国難の時期の舵取り《かじと》をどうするかというテーマだ。ルイ十六世はその舵取りに自信があり、〝私のことを愚鈍と笑う革命のほうが、粗忽《そこつ》で、また思慮に欠け、致命的なくらいに軽々しいではないか〟といい、〝それが証拠に、問題は、なにひとつ解決されていないではないか〟といって失政をあげる。〝財政再建は、どうした。景気回復は、どうした〟、暴落を続ける紙幣はどうしたとあげていき、現代と共通する問題点を中心に掘り起こすのである。

五番目は歴史小説ならではの現代にはない珍しい習慣や風俗で、『王の逃亡』では国王が衆人環視のなかで就眠儀式をする行為が書かれてある。そこに社会風刺や諧謔が生まれ、なんとも愉快な場面が続くことになる。

さて、本書『戦争の足音　小説フランス革命9』である。

未遂に終わったルイ十六世の逃亡劇、いわゆるヴァレンヌ事件後、革命は停滞し、内乱の危機が強まっていく。そのなかでロベスピエールは苦悩を深めていくわけだが(一方、ルイ十六世はマリー・アントワネットとの性交の回数を数える嬉しい毎日なのだが)、第九巻の本書には、シリーズのヒーローの一人であるロベスピエールには欠かせない重要な人物が二人出てくる。ひとりはロベスピエールの恋人とも噂されたエレオノール・デュプレイであり、もうひとりは後に側近として辣腕をふるうサン・ジュストである。とくに後者は、女性と間違われかねない尋常でない美貌の持ち主の青年で、後に革命運動に没入し、ロベスピエールの右腕とも称されるようになり、「革命の大天使」または「恐怖政治の大天使」ともいわれて、恐怖政治の担い手になる。演説も得意で、本書の物語からおよそ八ヶ月後に、国王裁判が行われ、ルイ十六世の処刑を決定づける名演説を行う。

〝正義は正義として、理想は理想として、断固貫かなければならないと思う〟、〝けれど、その正義なり、その理想なりを間違えてはならないとも思うのだ。人民のなかにこそフランスの良心が息づいていると思うからには、それを万が一にも取り違えてはならないのだ。／――そのためには、人々とともにあることだ〟と崇高な志をもつロベスピエールだが、いずれロベスピエールは独裁政治、恐怖政治を敷き、逆に最後は断頭台に送られることになる。

余談になるが、革命の結末まで待てない人は、『黒い悪魔』を読まれるといいだろう。

文豪デュマの父親で、黒い悪魔と称されたデュマ将軍の物語である。『黒い悪魔』『褐色の文豪』『象牙色の賢者』とデュマ一族を描く三部作の第一部であるけれど、ここにロベスピエールが登場する。フランス革命の功労者ロベスピエールが一夜にして犯罪者扱いされ断頭台にたたされることを知り、デュマ将軍が救出へと向かう場面が用意されているからだ。『黒い悪魔』のハイライトの一つともいうべき名場面で、〝正史〟の史実とはまたちがう物語を作り上げていて、なかなか読み応えがある。はたして『小説フランス革命』ではどのような結末をたどるのか、早く知りたいものである。

小説フランス革命　1〜9巻　関連年表

（　の部分が本巻に該当）

1

1774年5月10日	ルイ16世即位
1775年4月19日	アメリカ独立戦争開始
1777年6月29日	ネッケルが財務長官に就任
1778年2月6日	フランスとアメリカが同盟締結
1781年2月19日	ネッケルが財務長官を解任される
1787年8月14日	国王政府がパリ高等法院をトロワに追放
	——王家と貴族が税制をめぐり対立——
1788年7月21日	ドーフィネ州三部会開催
8月8日	国王政府が全国三部会の召集を布告
8月16日	「国家の破産」が宣言される
8月26日	ネッケルが財務長官に復職
	——この年フランス全土で大凶作——
1789年1月	シェイエスが『第三身分とは何か』を出版

3月23日	マルセイユで暴動
3月25日	エクス・アン・プロヴァンスで暴動
4月27～28日	パリで工場経営者宅が民衆に襲われる（レヴェイヨン事件）
5月5日	ヴェルサイユで全国三部会が開幕
同日	ミラボーが『全国三部会新聞』発刊
6月4日	王太子ルイ・フランソワ死去
6月17日	第三身分代表議員が国民議会の設立を宣言
1789年6月19日	ミラボーの父死去
6月20日	球戯場の誓い。国民議会は憲法が制定されるまで解散しないと宣誓
6月23日	王が議会に親臨、国民議会に解散を命じる
6月27日	王が譲歩、第一・第二身分代表議員に国民議会への合流を勧告
7月7日	国民議会が憲法制定国民議会へと名称を変更
	――王が議会へ軍隊を差し向ける――
7月11日	ネッケルが財務長官を罷免される
7月12日	デムーランの演説を契機にパリの民衆が蜂起

3

1789年7月14日　パリ市民によりバスティーユ要塞陥落
　　　　　　　――地方都市に反乱が広まる――
7月15日　バイイがパリ市長に、ラ・ファイエットが国民衛兵隊司令官に就任
7月16日　ネッケルがみたび財務長官に就任
7月17日　ルイ16世がパリを訪問、革命と和解
7月28日　ブリソが『フランスの愛国者』紙を発刊
8月4日　議会で封建制の廃止が決議される
8月26日　議会で「人間と市民の権利に関する宣言」（人権宣言）が採択される
9月16日　マラが『人民の友』紙を発刊
10月5～6日　パリの女たちによるヴェルサイユ行進。国王一家もパリに移動

4

1789年10月9日　ギヨタンが議会で断頭台の採用を提案
10月10日　タレイランが議会で教会財産の国有化を訴える
10月19日　憲法制定国民議会がパリに移動
10月29日　新しい選挙法・マルク銀貨法案が議会で可決
11月2日　教会財産の国有化が可決される

11月頭	ブルトン・クラブが憲法友の会と改称し、集会場をパリのジャコバン僧院に置く（ジャコバン・クラブの発足）
11月28日	デムーランが『フランスとブラバンの革命』紙を発刊
12月19日	アッシニャ（当初国債、のちに紙幣としても流通）発売開始
1790年1月15日	全国で83の県の設置が決まる
3月31日	ロベスピエールがジャコバン・クラブの代表に
4月27日	コルドリエ僧院に人権友の会が設立される（コルドリエ・クラブの発足）
1790年5月12日	パレ・ロワイヤルで1789年クラブが発足
5月22日	宣戦講和の権限が国王と議会で分有されることが決議される
6月19日	世襲貴族の廃止が議会で決まる
7月12日	聖職者の俸給制などを盛り込んだ聖職者民事基本法が成立
7月14日	パリで第一回全国連盟祭
8月5日	駐屯地ナンシーで兵士の暴動（ナンシー事件）
9月4日	ネッケル辞職

5

6

1790年11月30日	ミラボーがジャコバン・クラブの代表に
12月27日	司祭グレゴワール師が聖職者民事基本法に最初に宣誓
12月29日	デムーランとリュシルが結婚
1791年1月	宣誓聖職者と宣誓拒否聖職者が議会で対立、シスマ（教会大分裂）の引き金に
1月29日	ミラボーが第44代憲法制定国民議会議長に
2月19日	内親王二人がローマへ出立。これを契機に亡命禁止法の議論が活性化
4月2日	ミラボー死去。後日、国葬でパンテオンに偉人として埋葬される

7

1791年6月20～21日	国王一家がパリを脱出、ヴァレンヌで捕らえられる（ヴァレンヌ事件）

8

1791年6月21日	一部議員が国王逃亡を誘拐にすりかえて発表、廃位を阻止
7月14日	パリで第二回全国連盟祭

7月16日	ジャコバン・クラブ分裂、フイヤン・クラブ発足
7月17日	シャン・ドゥ・マルスの虐殺
1791年8月27日	ピルニッツ宣言。オーストリアとプロイセンがフランスの革命に軍事介入する可能性を示す
9月3日	91年憲法が議会で採択
9月14日	ルイ16世が憲法に宣誓、憲法制定が確定
9月30日	ロベスピエールら現職全員が議員資格を失う
10月1日	新しい議員たちによる立法議会が開幕
11月9日	亡命貴族の断罪と財産没収が法案化
11月16日	ペティオンがラ・ファイエットを選挙で破りパリ市長に
11月25日	宣誓拒否僧監視委員会が発足
11月28日	ロベスピエールが再びジャコバン・クラブの代表に
12月3日	亡命中の王弟プロヴァンス伯とアルトワ伯が帰国拒否声明
	——王、議会とともに主戦論に傾く——
12月18日	ロベスピエールがジャコバン・クラブで反戦演説

初出誌　「小説すばる」二〇〇九年八月号〜二〇〇九年十一月号

二〇一〇年三月に刊行された単行本『王の逃亡　小説フランス革命Ⅴ』と、同年九月に刊行された単行本『フイヤン派の野望　小説フランス革命Ⅵ』（共に集英社刊）の二冊を文庫化にあたり再編集し、三分冊しました。

本書はその三冊目にあたります。

集英社文庫

戦争《せんそう》の足音《あしおと》 小説《しょうせつ》フランス革命《かくめい》9

2012年5月25日 第1刷　定価はカバーに表示してあります。

著　者　佐藤賢一《さとうけんいち》

発行者　加藤　潤

発行所　株式会社 集英社
東京都千代田区一ツ橋2-5-10　〒101-8050
電話　03-3230-6095（編集）
03-3230-6393（販売）
03-3230-6080（読者係）

印　刷　凸版印刷株式会社

製　本　凸版印刷株式会社

フォーマットデザイン　アリヤマデザインストア　マークデザイン　居山浩二

ISBN978-4-08-746829-8 C0193